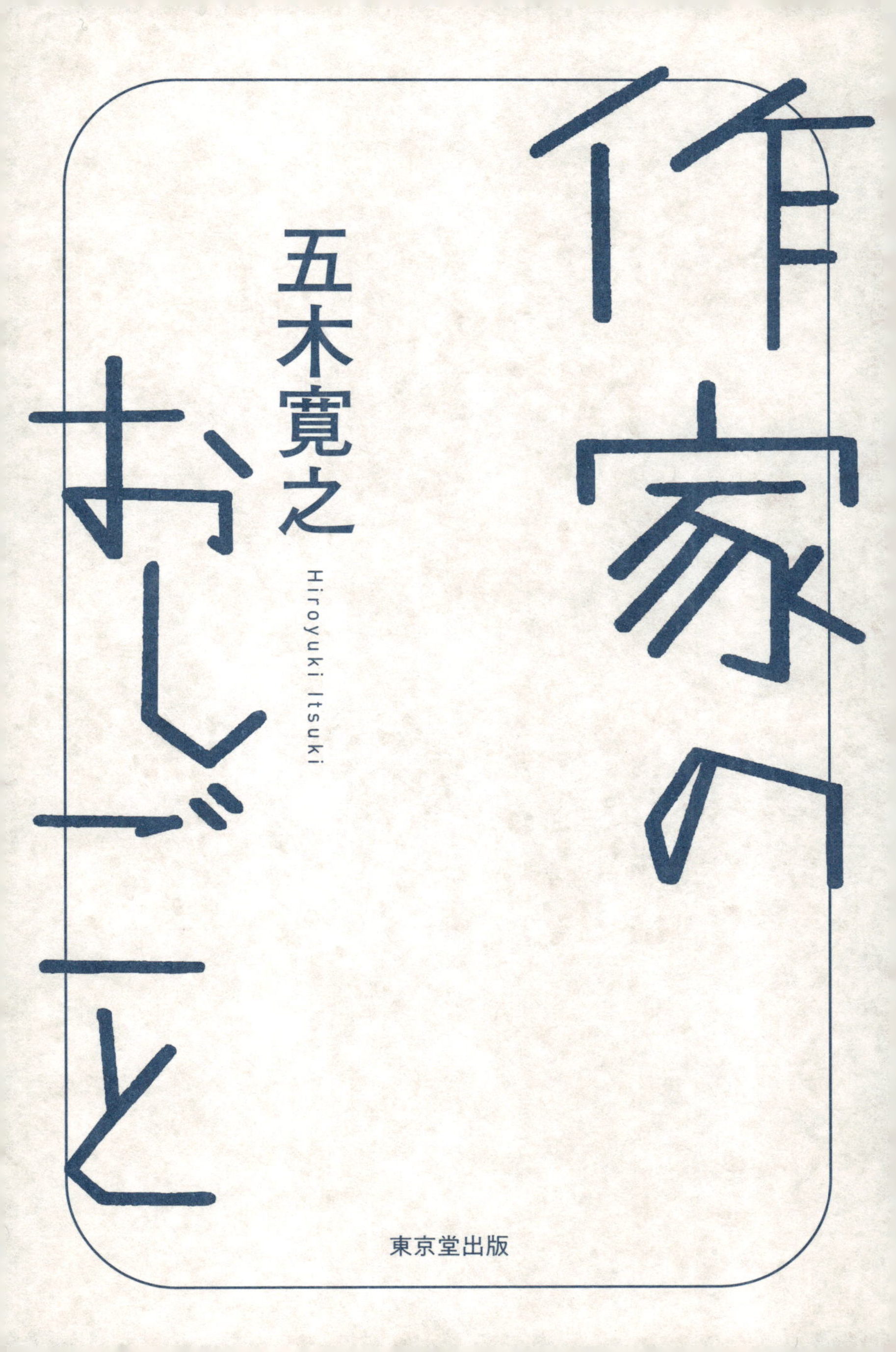
作家のおしごと
五木寛之
Hiroyuki Itsuki
東京堂出版

〝まえがき〟にかえての最初のおしゃべりから

最近、「作家サン」と「サン」づけで呼ばれることが多くなりました。テレビ局などでも「作家サンの控え室は、こちらです」などと案内されたりします。「俳優サン」「歌い手サン」「ＡＤサン」「音響サン」などと同じ語感ですね。

ぼくは昔から「小説家」は「物語り作者」「ストーリー・テラー」だと思っていますから、ぜんぜん抵抗感はありません。むしろ「作家のかた」とか「センセイ」などと言われたりするほうが、うんと気恥ずかしいところがある。

もっとも「センセイ」などという言い方も、世間の約束ごとと考えれば、べつに嫌がることもないでしょう。若い頃、売れない作詞家だった頃には、ディレクターに「おい、センセイ、煙草買ってきてくれよ」などと声をかけられれば大喜びで駆けだしたものです。かつてレコード会社では、どんなに無名の作詞家、作曲家であっても「先生」と呼ぶのがしきたりでした。

「こんな詞、使えねえよ。もうちょっとましな詞を書いてきな、センセイ」

とかいったお小言も、しばしば受けたものです。


ぼくは大学を抹籍になって以降（後に滞納していた授業料を支払って正式の「中退」に）、ずいぶん雑多な仕事をしてきました。業界紙の記者、ラジオ・テレビの構成作家、ＣＭソングのライター、ミュージカルの台本作者、イベントの企画者など、マスコミの深部を這いずり回ってきたのです。どれも食べるための仕事でした。ようやくレコード会社の専属作詞家となってからも、煙草を買いにやらされたり、楽譜のプリントや後片付けもつとめる、片仮名の「センセイ」稼業が長く続きました。

いまでこそラジオやテレビの構成作家は、社会的な地位が確立されていますが、半世紀前はそうではなかった。ひどい言い方ですが、「士農工商構成作家」などという差別的な言葉があったほどです。「センセイ」というのは、一種の屈折した差別語でもありました。

やがて三十代の半ばに、新人賞をもらって小説を書くようになる。それから五十余年、いまだに若い頃の記憶を引きずって生きています。いくらキャリアを積んでも、自分はあの頃の片仮名の「センセイ」でいようと、ひそかに心にきめてきました。

ですから「作家サン」と気軽に呼ばれると、なんだか若かった頃の自分にもどったような気がして、ちょっと心が弾む感じがあるのです。

そんなわけで、ぼくはいまでも専業の小説家ではありません。網野善彦（一九二八〜二〇〇四。歴史学者）さんは、百姓という言葉を百姓と読んだ。かつて農民は稲を作るだけでなく、海や山や川などであらゆる仕事をしました。いまでいう兼業が当たり前だったのです。

平安時代の言葉に「海山稼ぐ者」という表現があります。これは海で漁をし、川に網を引き、山に獣を追う人びとだけをいう言葉ではありません。すべての働く人びと、農民も、商人も、流れの芸人も、侍も、すべて「海山稼ぐ者」です。

殺生もする。人を欺すこともある。当時の戦国武士は殺すことが職業でした。

〽はかなきこの世を過ぐすとて、
海山稼ぐとせしほどに
よろずの仏にうとまれて、
後生わが身をいかにせん

当時の流行歌謡だった「今様（いまよう）」の歌詞です。「よろずの仏にうとまれて」（傍点は筆者）というくだりが、なんともいえず哀切ではありませんか。

ぼくもずっと自分のことを「海山稼ぐ者」と感じてきました。なんでもする、いろんなことをする、というのが海山稼ぐ者の本質です。

さいわい小説作者として自立することができたのですが、「海山稼ぎ」の心意気だけは忘れたくない。雑多なことを何でもやる、というのが作家としてのぼくの初心でした。

ですから、この本の中では、それらの「海山稼ぎ」の一端を読者のみなさんに正直に見てもらいたい、と思っています。

ぼくは小説作者としてデビューした後も、以前の雑多な仕事を大切にしてきたつもりです。ですからラジオやテレビ、ことに斜陽化しつつあるラジオには、ひとかたならぬ思い入れがあります。

ＴＢＳラジオの深夜番組「五木寛之の夜」は、二十五年間つづけました。その後もＮＨＫの「ラジオ深夜便」が、いまもほそぼそとですがつづいています。

風俗と競馬の記事が売物のタブロイド夕刊紙の連載コラムも、四十三年目にはいりました。地方に講演にも行きます。雑誌で対談やインタビューなどもやります。グラビア写真の撮影にもつきあいます。昭和歌謡へのノスタルジーを歌った歌謡曲も書きます。ミック・ジャガーやキース・リチャーズ、モハメド・アリなどとの対談もやります。先日は「ゲンロン・カフェ」で東浩紀さん、沼野充義さんとの公開鼎談をやりました。いまは渡辺貞夫さんの曲に歌詞をつけるために四苦八苦しています。私とは天と地ほどもちがう灘高校の生徒たちとの対話も、先日、本になりました（『七〇歳年下の君たちへ』新潮社）。

いったい、お前さんは何をやってるんだ、と笑われそうですが、これが私の生き方です。「この道一筋」が尊敬されるこの国に生きて、ぼくは自分のドリフト走行を変えようとは思いません。スピンして引っくり返ることもあるかもしれない。コース・アウトして進路を見失うこともあるだろう。でも、そのときはそのとき、と覚悟をきめてやってきました。

この一冊のなかでお見せするのは、そんなとっ散らかしたぼくの仕事の一端です。笑って楽しんでいただければ、と思います。

「いつ」「どこで」というのが、ぼくの一番こだわっているところです。ですから、それぞれの文章の前にある日付けにぜひ注目してください。

第二部に収録されている村上春樹さんとの対談ですが、これは今から三十五年ほど前に行ったもので、まだお互いに新人気分の抜けない時期のものでした。

大学でも、文芸ジャーナリズムへの登場でも、ぼくのほうがちょっと先だったこともあり、なんだか偉そうな口をきいているようで、冷汗ものです。今回の収録に快く応じてくださった村上さんに心から感謝しています。

では、どうしてぼくがこんな雑な人間になったかを、ふり返ってみることから始めることにしましょう。

目次

第一部／モノローグ

1 作家のおしごとについて

2 ぼくの目指してきたもの

3 長く続ける中で考えてきたこと

第二部／実践編

5 インタビュー・写真について

第一部／モノローグ

どんなふうに生き、生かされ、考え、感じてきたか。
そんなことを振り返りつつ、半世紀に至る自分のしごと、
作家についての問わず語りから。

1　作家のおしごとについて

●目指したのは「文芸者」

ぼくは福岡県の田舎の小学校の教師だった両親につれられて、幼い頃に朝鮮半島へ渡りました。貧しい農村の次男三男や娘たちが、お金をかけずに勉強できる場は限られていた時代ですから、両親は共に師範学校へ進み、小学校の教師になって結婚しました。ところが、高等師範や帝大といったいい学校を出た人間が、どんどん飛び越して出世していく。出世というのが一つのモラルだった時代です。身を立て名をあげようと思う多くの落ちこぼれたちは、列島から押し出されるようにして新天地を求め、海外へ出て行った。中でも多かったのは、旧満州とか、当時外地と呼ばれた朝鮮半島です。

父も同じようにして家族を連れて朝鮮へ渡ります。福岡にいたときは小学校の一教師だったのが、向こうでは普通学校の校長になれた。普通学校というのは、日本人が一人もいない朝鮮人だけの学校です。父親はさらに文検や専検とかいった資格試験に通るために夜遅くまで勉強し、やがて合格して今度はソウルの南大門（ナムデムン）小学校という当時の一流校の教師に栄転します。ぼくが五つか六つの頃ですね。

幼い記憶の中で、鮮明に焼き付いているシーンがあります。夏のある一日の午後、赤松の林が生えているような街道筋があり、そこに人だかりがしていた。何だろうと思って行ってみると、いろいろな人が周りを取り囲んでいるのです。子どももいる、野良犬もいる、荷物を抱えたおっちゃんもいる、農民もいる、おばさんもいる。人々が取り囲んでいる道端には、ゴザを敷いて大きな絵本のようなものを置き、それを読み聞かせている老人がいました。髭（ひげ）を生やした老人で、黒い帽子をかぶり、いわゆる講談のようなものをやっていたんですね。多分、李氏王朝時代の説話「春香伝」みたいな物語だったのかもしれません。それを炎天下、みんな集中して聞き入っているのです。哀れなヒロインが地主に手籠（てご）めにされるような場面になると「アイゴー！」とかみんな一斉に叫んだり、「そいつをやっつけろ！」といった感じで声をかけたり。すごくいい雰囲気なわけですね。

途中で豆腐売りがやってくる。と話はいったん休止します。チゲという背負子（しょいこ）から下ろした石油缶の中には氷と一緒に豆腐が浮いていて、みんながそれを買って手にのせ、冷たい豆腐をそのままかじる。朝鮮の豆腐は硬いんですよ。しばらくはガヤガヤ、この先どうなっていくんだろう、とかしゃべりながら。朝鮮語で話しているからよくはわからないが、何となく雰囲気でわかるんです。

豆腐を食べ終えると、第二弾の始まりです。老人の話は、ときに落語のように笑わせ、ときに涙させ、ときに憤慨させて進んでいく。みんな一心不乱、老人の語りに集中している。子ども心に、いいなあ、大きくなったらこういう仕事がやりたいものだ、とそのとき思いました。

人びとをこんなふうに夢中にさせる職業が羨ましい、大人になったら語り部というか、ああいう老人になりたいと思った。これがぼくの物を書く基本なんですね。

鵺(ぬえ)的な存在でありたい、と以前何かに書いたことがあります。ヌエとは、顔が猿で胴体はタヌキ、虎の手足を持ちながら、尾は蛇といった得体の知れない妖怪です。そういうごちゃ混ぜの存在でありたいとひそかに思ってきました。建前は一応小説家になっているけれど、対談や講演もし、テレビの出演やラジオの仕事もする。新聞に雑文の連載を持っていたり、歌謡曲を作ったり。そうして何かを世間に投げ返す。それはいうなれば、芸人の仕事ですね。だからぼくは文学者といいません。自分のことを文芸者(ぶんげいしゃ)というのです。いわば文の芸者ですね。

剣道家とか武道家などというけれど、それはちゃんと修行して剣の道を究めた人のことでしょう。でも武芸者というのは、剣術を売りものにして食っていく人のことをいう。武の芸者です。たとえば道端でガマの油などを売る。刀を引き抜いて、宙で木を三つ切りにするとか、腕を傷つけたりして、武芸を見せた後に薬を売るんです。あるいは斬り合いが上手いと認められ大名に抱えられて剣術の指南になるとか、大店（おおだな）の用心棒となるなど、これは武道ではない。武術です。

剣道となると、精神的な要素が入ってきます。茶道、華道、「道」がつくと、そこに真理を追究していくといった哲学がはいる。だから優れた剣道の達人は、刀を抜いてはいけないといい、終生一度も鞘（さや）から抜かなかった人が優れた剣道家といわれたりもします。

ぼくは「文道家」で行くよりは「文芸者」で行きたいと思ってきました。それが憧れだったんです。洗練されたハイカルチャーに行くのではなく、できるだけ下へ下へともぐっていき、それこそ文字も読めないような人たちをも楽しませ、みんなの体と心の疲れを一瞬でも癒すことができれば、そういう小さいことで食べていければ幸せだと思っていました。その報酬として小銭を投げてもらって、生活するわけですね。旅回りの浪花節（なにわぶし）語りなどもいいと思いました。浪曲家ではなくて。

文道家よりも文芸者でありたいもう一つの理由は、この位置が自分にとって心地いいからです。ぼくは敗戦以後、敗戦国民として最底辺の中でずっと暮らしてきました。引き揚げた先は九州の八女（やめ）というところで、みかん農家があったりお茶農家があったり、自然が美しく、わりと豊かな中農地帯でした。そこに土地もなく家もなく本当に裸一貫で帰ってきた人間は、余計者なわけですね。村の祭りなどにも参加させてもらえず、ある種、孤立した状態でした。人の家の納屋を借りて暮らしていた時期もあり、疎外された立場の中で幼年期、少年期を過ごしたものですから、差別される側にいる人間の感覚が自然と身についてきて、逆にその中にいたほうが居心地がよくなってしまったのかもしれません。

ですから今でも、どこにいてもちょっと外れたところにいたいという思いがずっとありました。文芸ジャーナリズムの世界に入ったときも、その中でどこが一番賤視されている場所かというと、やっぱり娯楽小説とかエンターテインメントとかそういうところらしい、と思いました。

ぼくのやっていることは、ジャーナリズムから見ても同業者から見ても、なんか変なところがあるんじゃないでしょうか。なんであんなことをやるんだろう、と思われることは結構多いはずです。しかし、たとえば野坂昭如（のさかあきゆき）みたいにすすんでトリックスターを演ずるように表立ってやることはなく、普通の顔をしてやるわけですからなお変に見えるのかもしれない。でもそれがぼくの生き方なんですね。自分をいわば雑業者だと思っているのです。つまり文（ぶん）

芸百姓(げいひゃくせい)ですね。

ぼくの両親の里は両方とも山間地で、平地がなくて田んぼの少ないところでした。段々畑で、自給自足するためのわずかな稲と野菜や麦などを植えていました。また孟宗(もうそう)の竹林があり、タケノコを盛んに掘っていました。村にはタケノコ製造の工場もあって、大量に出荷していましたし、山の斜面ではみかんも栽培していました。自生のコウゾという植物で和紙の原料を作ったり、道端に植わっていたハゼの実はロウソクの原料にもなる。炭も焼く。お茶もつくる。自然薯(じねんじょ)も掘る。農業としては三反百姓くらいの小さいものであっても、他にいろいろなことをいっぱいやる、これが「百姓(ひゃくせい)」なんですね。

文芸百姓という言い方はおかしいけれども、小説は一応メインの仕事としてやり、それ以外の雑業もたくさんやる。小説でやっていけるようになったからといって周りの雑なものを切り捨てず、泥みたいなところから足を抜きたくない。

それを自分の生き方として選び、自分にとっての運命的な生き方だと思って今日までできたのです。

一芸を磨いて無形文化財とか人間国宝になる人たちは、それはそれで立派だと思うし、尊敬しています。しかしぼく自身は、文章によって一つの芸術的な美の世界を作り上げようとか、自分の内面を深くえぐろうとか、何か世の中に向けて言いたいとかでもなく、道端でいろいろな人を楽しませ、笑わせたり泣かせたり興奮させたりしていた、あの田舎の道端の老人のような仕事をやりたい。

これが、ぼくをこの世界に生かしている根源的モチーフなのかもしれない、と思うのです。

●小説を書くだけじゃない

「あの青年は作家を目指している」とか、「私は作家志望です」などと言ったりしますが、その場合の作家とは、イコール小説を書く人のことですね。しかし、いまや「作家」という言葉の範囲は広がってきた。エッセイスト、コラムニスト、ルポライター、ジャーナリスト、評論家や作詞家、テレビ・ラジオの構成者、シナリオライター。すべてが「作家」です。

アメリカ大統領の演説を書く人は、スピーチライターと呼ばれますが、この人たちもちゃんとした作家です。ちなみにスピーチライターはものすごくステータスが高く、優秀な人は引っ張りだこです。かつてクリントン大統領が沖縄を訪問したときに「戦争の時代は終わり、平和は遠からずやって来る。絶望することなかれ。生きていることがすなわち宝」という内容の琉歌（りゅうか）を引用して、米日平和に向けて歩を揃えていこうとスピーチをしました。琉球王朝最後の王が首里城を出るときに詠んだ沖縄の古典的な歌ですね。それを取り入れるなんて、さすがアメリカの大統領は造詣が深い。聴いた人はそう思ったろうけれど、それはスピーチライターの力でしょう。

このスピーチライターにも専門分野があるという。たとえば故事来歴をスピーチに引用するのがヒストリーライターだし、間にユーモアを入れるのはギャグライターです。おもしろいギャグには千ドル、中には一万ドルのギャラが支払われることもあるといいます。その代わり、よそでは発表しないという条件がつく。一行で何百万円とかのギャランティーを得ることもあるコピーライターにも負けていません。彼らももちろん、作家です。

書くジャンルに限らず、旅やバラエティーなどの番組を構成する人、コントを作る人。絵画や彫刻、陶芸、書、写真や映画など映像を制作したり、音を作ったり、ゲームやパズルなどを作る人も作家です。

媒体は何であれ、情報を発信して社会に対して関わり合いをもち、またある意味では受け手を意識して自分のアイデンティティーを確立する。作家とはすなわち表現する仕事を職業とする人です。

まあ、作家というと古めかしく聞こえますが、クリエーターという言葉も使えるし、ライターとかポエットという言い方もされる。それら全部が作家という言葉に集約されるとなると、作家の分野は無限大に広がります。それは今の時代のカルチャーを背負うような、むしろその中核になるべき職種なのかもしれません。

書くことを生業（なりわい）としてきたぼくはというと、いわゆる普通の作家ではないとずっと思ってやってきました。他の人たちとは違う道を歩いてきた、という自負もあります。

文芸の世界には自分の使命は書くことだけ、といった作家もいます。家族や兄弟なんかがマネージメントをしてくれて、「あなたは書くことに専念してください」といった環境の中で、他のことは何にもしなくていいような幸せな作家もいる。社会的な発言もしない、原発の問題にも関わらない、書くこと以外はノータッチで、有名なプロダクションに所属する作家も少なくない。現代の作家のあり方は、さまざまです。

●ドストエフスキーはなんでもやった

ドストエフスキーの伝記を調べてみると、最終的に国民的作家として公認されるのは、ロシアの国民的詩人プーシキンの生誕百年祭のときなんだということがわかります。モスクワの街の真ん中に、十メートルもあるような巨大なプーシキンの銅像ができ、その落成式にプーシキン記念講演会なるものが催された。それを聴きに、ロシア各地から人びとが押し寄せて集まり、そのための特別列車が仕立てられたほどでした。

この頃がロシア文学の本当の黄金時代でしょうね。トルストイが自分の住む村からモスクワにやって来るというと、何万という人がトルストイを見に、モスクワの駅頭に集まる。中には一目見ようと街路樹によじのぼる者まで出るのです。ちなみにドストエフスキーの葬式には五万人もの市民が集まったというからすごいですね。

そういう時期に、プーシキンを記念する大講演会があった。この講演会で、ドストエフスキーはゲストの一人として壇上に立ち、講演をする。ここで最終的に彼は、十九世紀ロシア文学のトップの地位を揺るぎないものにしました。

この講演のために、ドストエフスキーは、おそろしいほどのエネルギーをかけて綿密に内容を準備したといいます。当初いわれていた時間ではとても足りない、内容はこうしたい、朗読も入れたい、だからもっと時間を増やしてくれ、と主催者側に強く掛け合うわけです。

ドストエフスキーは晩年、あちこちを回って、ずっと朗読の会をやっていました。ロシア皇帝の前で読む、ファンの前でも読む、人が集まるところで読む、彼は朗読の名人でした。朗読はエネルギーを要します。また時間も費やす大仕事です。ドストエフスキーにとって、講演と朗読は、小説家の余業なんてものでは決してなく、重要な仕事そのものでした。

ですからぼくは、作家の仕事というのは、総体的、また総合的なものであると思うわけです。ドストエフスキーの講演や朗読がそうであったように、しゃべることが書くことの余業というふうには思わない。それ自体が表現の仕事だと考える。その中の一つの形態として、文字を書くことがあるのだと。そう思うのです。

ドストエフスキーといえば、多くの人は晩年の写真しか見ていないから、暗い部屋で必死に神様と対話しながら小説を書いているんじゃないか、なんて思っている人が多いのではないでしょうか。しかし、そんな陰鬱な暗いイメージとは違って、講演会はやるわ、朗読会には出るわ、雑誌の編集もやるわの大活躍でした。パーティーにしきりに呼ばれるし、またそういう所へ行くのが大好きでもありました。

彼は自分で出版社をやり、書店の集金までしているのです。「モスクワに行ったときに、売掛金が残っている書店を回ったけれど、これだけしかもらえなかった」などと書き残しています。初版七千部という、のちにベストセラーになる『カラマーゾフの兄弟』を自分の出版社から出してもいるのです。

『罪と罰』などはそうではありませんが、最晩年の長編小説『カラマーゾフの兄弟』などは、奥さんのアンナがやっていた出版社から出すわけです。今でいう出版取次も兼ねていて、書店を呼び、新作見本を見せて、その場で注文を受けたりもした。

「一回目に書店を集めたときだけでも一日三千部の注文をとった」とありますから驚きです。注文だから売れない分は戻ってくるんじゃないか、と思うかもしれませんが、買い取りなので、発注した分がすなわち売上げになるのです。

彼はまた非常に数字に細かい人だった。印刷所、用紙の仕入れ、製本に至るまで、奥さんと共に徹底的に安いところを探す。各社の見積りを取り、二股三股をかけて、競合させた。そして全部作り上げたところで、書店を呼ぶわけです。

それにしても、当時のロシアは教育水準が高かったと思いますね。ペテルブルクだけで、ドストエフスキーの本が何千部と売れるのですから。

彼は『作家の日記』というタイトルで、月刊雑誌をずっと出し続けていました。今でいうブログみたいな日録ですが、それが人気で雑誌はすごく売れたのです。その雑誌の仕事で忙殺されていたくらいに。

ところでドストエフスキーの作品には、口述のものがいろいろあります。前の晩にプロットを作って、ノートにメモ書きしておき、翌日それを見ながら口述する。その速記者がアンナという非常に若い娘で、先妻亡き後、奥さんになる人です。

ですからドストエフスキーの文体は、口述の場合もあることを念頭において論じないといけない。芥川賞作家で露文科の同窓でもある宮原昭夫（みやはらあきお）さんが、『白痴』で一ページの中に、同じ「ヴドゥルク」（ロシア語）という言葉が四ヵ所か五ヵ所出てくる。「突然に」とか「ふいに」という意味の言葉なのだけれど、平気で同じページに繰り返し出てきて、その無造作な文章に驚いた、と書いていました。

余談ですが、某出版社の社長夫人にスペインの方がいらして、その夫人いわく、スペインは読書においての一般の水準がとても高く、もし一ページの中に二度も同じ形容詞を使おうものなら、読者はその本を投げ捨ててしまう、と言われていたことを思い出します。

それからすれば、ドストエフスキーは何度著作をぶん投げられてしまったかしれません。しかし口述による作品もあることを知れば、それも納得できるのです。

「ドストエフスキーの雄弁体」とよくいわれますが、大量に雄弁な言葉を次々に吐き出すわけです。もちろん後で手は入れていますけれど、時間に急(せ)かされて、どんどんしゃべっているから、ああなってしまうのかもしれませんね。

当時ドストエフスキーは、毀誉褒貶(きよほうへん)の真っただ中にいました。あんな通俗な新聞の連載なんて、大衆的なミステリーだ、などとボロクソに言う人もいたし、一方では天才だと激賞する人もいた。トルストイ、ツルゲーネフに比べると、自分は不当に評価されていると、生涯そのコンプレックスに悩まされ続けた作家です。

●サイン会について

ドストエフスキーが執筆から注文をとるところまで全部自分でやっていたことがあるというのは驚くべきことですが、作家の仕事は書いたらそれで終わり、あとはすべて出版社にお任せ、と思う人は珍しくないでしょう。ただ、ぼくにはどうもそう思えないのです。書いたものを読んでもらうための努力、それも作家の仕事の一つだと思うからです。

新刊本のサイン会というものがあります。今はほとんどやらなくなりましたが、ぼくはサイン会を、書店や出版社から頼まれて行う読者に対する単なるサービスだと捉えてはいません。自分の本を売ってもらう現場に立ち会い、読者と交わる大事な場ではないですか。すべてを人任せにしない、これもぼくなりの作家活動の一つとしてやっていた。

新人のとき、最初に神田でサイン会をやって時間切れになったことがありました。終了時間の少し前にも、まだ長い行列ができていた。なぜそんなに時間がかかったかというと、為(ため)書(が)きをしたからです。何々様と、相手の名前を書いたんですね。たぶん書店でのサイン会で大量に為書きをしたのは、その頃はめずらしかったのではと思います。五十年経って、今の新人の作家たちは、みな当たり前のようにやっていることですが。

為書きをすると、サイン会は倍の時間がかかります。書店もいい顔はしない。「そこまでサービスするのか。作家は芸者じゃないだろ、読者に媚びている」と、当時は悪口を言われたものです。

それぞれの立場や都合はあるだろうけど、読者にとっては自分の好きな作家のサイン会です。遠路はるばる田舎から出かけてきた人もいるかもしれない。ようやく自分の番になったと思ったら、ひと声かけられるでもなく、ささっと作家の名前だけを書いてハイお次、といった具合だったらどうだろう。それこそ作家志望の若者もいるかもしれない。それを、顔も見ないで機械的にサインするだけでは申し訳ない。そんな気持ちがあったのかもしれません。

結局その日は、書き残した読者が団交を申し入れて、主催者側の代表と交渉になりました。なにしろ神田カルチェ・ラタンといわれた騒乱の時代ですからね。読者も一筋縄ではいかない。結局、時間を延長して最後までやりました。

●ブックデザインも広告も作品の一部

昔、「モダンアーティストグループ」というデザイン会社をやっていたことがあり、いろいろなパンフレットを作っていました。もともとグラフィックデザインに非常に関心があったわけですが、書いたものを読んでもらいたいという作家としてごく当たり前の思いが重なって、本のデザインにも真剣に向き合わざるを得なくなりました。

本の装丁とかデザインとか挿絵などにこだわるのは、それを共同の創作活動と考えているからです。いたずらに口を出したいわけではありません。読者にコミュニケートするというのが自分の思想ですから。コミュニケートするためには、書いたものを読者に読んでもらわなければいけない、読んでもらうためには、書店で見つけてもらわなければならない。目につくようにするためには、帯でもポスターでも、一生懸命考えなければいけない。適当なものを適当に作っていてはダメでしょう。一人でも多くの人たちに手に取ってもらおうとするためには、真剣に取り組まなければいけないと思うのです。

たとえばカバーのデザインについて。帯は外せないと出版社が決定すれば、それは仕方ないから、帯は必要なものとして付けなければならない。付けた以上は、この本に絶対不可欠なものなのだから、帯付きのカバーデザインを考えないといけない。ところが、カバーデザインの見本があがって、デザイナーが帯を付けないで持ってくることがある。それでは、コマーシャルパッケージとしての全体像が見えません。そもそも題名が帯の下に隠れて見えない、なんてこともあります。

日本の場合、かつての古き良き時代には、玉稿をいただきます、と編集者が原稿を持ち帰り、本ができたら作家は、うん、いい本ができたね、と万事お任せする。それがよしとされ、尊敬された世界でした。ぼくは尊敬されなくてもいい、みんなに嫌われてもいいから、ちゃんとした本をつくりたいと思っていた。時給何百円で働いている若者が、千数百円の新刊書を買うのです。買った人に対して、作家は誠意で応えなければいけないと思うから、どうしても譲れないことは言う。出版社と喧嘩をしても、読者には誠実でいたい、それをずっと通して五十年やってきました。

少し話はそれますが、小説家の場合、体験も大事だけれど、本を読まなきゃダメですね。ぼくは今でも一日何冊かは新しい本を読んでいます。机に向かって読むこともあるけれど、だいたい寝る前に読んだり、出かけるときは必ず本を持っていきます。レストランでごはんを食べるときにも読んだりする。

「眠れないままに枕元に本を積み上げて、午後までベッドの中にいる」と連載コラムに書いたけれど、面白い本に当たると夢中になって気がつけば午後になっていた、なんてこともしばしばです。夜寝て朝起きるという、ごく普通のライフサイクルであれば、夢中になって朝になってしまった、と言うところだろうけれど、ぼくの場合は、午前六時就寝、午後四時起床がふだんの生活です。

ジャンルは問わず、乱読です。小説を書くためのリサーチということではなく、ただ興味から。今は情報の渦といっていい時代です。その渦の中で、日々新しい情報と古い本もごちゃまぜに読む。ですから本屋さんで本を買うのに、一回一万円ぐらい使いますね。しかも二日に一度は書店に行きますから大変です。

先日ある出版社の人から、「あのう、先生。今度作るご本をコンビニに置くことは考えられるでしょうか？」とおそるおそる聞かれました。「もちろん、いいですよ」と言ったら、すごくビックリされて、本当にいいんですか、と聞き返されました。どうして？　と訊ねたら、コンビニで売られる本は、自分たちからみても、週刊誌かエロ本、実用本かそれに類する本です。そういうタイプの本が多くて、五木さんのご本を置くのは申し訳ない、まさかご本人からいいよと言われるとは思いませんでした、と言うのです。

何を言っているんですか、人のやらないことをしないと面白くないじゃないですか、と言ったのですが。時代を読めば、コンビニが国民の生活にこんなにも根付いていることを無視できるわけがありません。

コンビニは今、自社製品をいろいろ出し、時代の要求に応える努力を模索しはじめている。まだまだ手軽な店のように思われているかもしれないけれど、文化産業としての立場を作っていくには本しかない、とぼくは確信しています。そのうち各出版社が競合してコンビニに本を出すようになるかもしれない。ところが売り場面積を今以上広げるわけにはいかないから、セレクトされた本しか置かなくなります。となると競争がもっと激しくなるでしょうね。今、仮にぼくの本がコンビニに並んで、五木も歳をとってコンビニに本を出すようになったか、と思われたとしても、五十年後に志賀直哉が並び、夏目漱石が並ぶようにならないとは限らないと感じるのです。

●文学賞の選考委員も大事な仕事

断ることも、ある意味で作家の大事な仕事かもしれません。町おこしに協力してほしいとか、政府の組織の委員になってくれとか、いろいろきますが、ぼくは名誉職的なことはほとんどご辞退しています。

一方でこれまで数多く引き受けてきたのが、文学賞の選考委員です。文学賞の選考というのも、作家ならではの仕事なのですから。

「作家は文学賞の選考委員なんか、やるべきでない」という意見もあるのですが、選考委員をやったことで、出会ったこともないような作家や、新しい人の作品を読めるのはありがたい。朝井リョウさんの『桐島、部活やめるってよ』も、新人賞応募で出会って、強く推した作品でした。

ときには吉川英治文学賞の選考会があり、その一週間前には、九州芸術祭文学賞の選考会があったりもする。候補作の数は賞によって異なりますが、多いところで五、六作品、少ない場合でも四、五作品はある。読むだけでも時間と集中力を要します。ありがたいのは、昔と違って読む原稿が印字されていることです。手書き原稿だったら一ヵ月仕事になってしまうでしょう。

選考委員は候補作を読むだけではなく、その前に広く作品に目配りをしなければいけないし、選考が終わったら、選評というものを書かなくてはならない。一つひとつおろそかにできない大事な仕事です。歳をとってきたのでいくつかリタイアしたのですが、それでも今、六つか七つの文学賞選考に関わっています。

ぼくが初めて直木賞の選考委員になったのは、ずいぶん若い頃でした。『蒼ざめた馬を見よ』で直木賞を受賞したのが三十五歳です。その十年後の四十五歳のときです。ぼくが直木賞の選考に加わった最初の年の受賞作家は、色川武大（いろかわたけひろ）さんだった。

直木賞の選考会が始まる一時間くらい前に控え室に行くと、みなさん、お茶を飲んでワイワイ話している。その中に松本清張さんがいる、司馬遼太郎さんがいる、藤沢周平さんがいる、やれ誰がいる彼がいる。ぼくは文壇付き合いをしないから、それまで活字でしか知らなかった人たちといろいろ雑談をするわけです。その時間がすごく楽しかった。選考会そのものも、昔は非常にのんきなものでした。

吉川英治文学賞についてはおもしろい話があります。ぼくが『青春の門』で受賞したときの選考委員のお一人が、石坂洋次郎さんでした。石坂さんは晩年、おつむが少し柔らかくなり、司馬遼太郎さんに会うたびに、「君の『青春の門』は面白いね」と何度もおっしゃったそうです。

あるとき、司馬さんから、「五木君、困ったよ。石坂さんにまた捕まって、君の『青春の門』はおもしろいねぇと言われちゃったよ」と。ぼくも困って、「いや、それは申し訳ありませんでした。それでどうされました?」と聞いたら、「しょうがないから、それはありがとうございますって答えておいた。これは一本、貸しだよ」と笑っておられた。

その吉川英治文学賞の選考委員に関しては、一九九一年の第二十五回から今に至るまでずっと続けています。

創設当初から関わっているのが九州芸術祭文学賞です。これは九州文化協会が、九州・沖縄の各県と福岡市、北九州市、熊本市の三市との共催で公募する新人賞で、九州、沖縄、西日本から優秀作が送り込まれてきます。

当初、西日本新聞の文化部長（当時）の青木秀さんと、彼の戦友的存在だった文藝春秋出版部長（当時）の樫原雅春さんとぼくの三人が酒場で雑談をしているときに、ひとつ文学賞をやろうよ、という話になった。やるのなら、受賞した作品を『文學界』に載せよう、という話からスタートしたのです。文学雑誌のエースともいうべき『文學界』に載ることになったので、非常に応募が多く、『文學界』に転載されたものが、芥川賞の候補になり、芥川賞受賞という例がいくつもありました。

最初は安岡章太郎、江藤淳、ぼくの三人が選考委員でしたが、世代交代があり、今はぼくと、九州文学賞の受賞者で芥川賞作家の村田喜代子さん、それから沖縄の又吉栄喜さん、あとは『文學界』の歴代編集長の四人です。

新人賞の選考委員としては、小説すばる新人賞というのがあります。この新人賞は面白いですね。選ぶほうも勉強になるし、いい刺激になります。それに、新人賞のような機会がないと、若い人の作品に触れることがなくなるのです。吉行淳之介さんにも、新人賞はやっておいたほうがいいよ、とよく言われたものです。この賞は、四百字詰め原稿用紙で二百枚から五百枚の長編が対象なので、選考も大変です。この間選んだ作品は、四四〇枚ありました。十六歳の高校生が書いたもので、天才少年、と騒がれました。

それから坪田譲治文学賞の選考があります。これもずいぶん長くやってきた。岡山市主催です。大人も子どもも共有できる作品を選ぶ賞なので、児童文学から絵本まで見なければならない。最近は純文学雑誌に載るような作品が受賞したり、どうも幅が広がりすぎているような気もします。ぼくらは坪田譲治といえば、善太と三平の物語とか少年少女の読み物を想像するのですが、最近は候補作にそのジャンルのものが意外にないですね。

ちょっと変わったものに、ＮＡＲＡ万葉世界賞というのがあって、この選考委員もやっています。奈良県が主催している文学賞で、外国の人が日本の古典文学を研究する、それに対して出す賞です。ドナルド・キーンさんや万葉学者の方々とともに選考に臨んでいます。

あとは泉鏡花文学賞、そして泉鏡花記念金沢戯曲大賞の選考委員があります。金沢に住んでいたときに、地元に何か恩返しをしなければと思って始めた賞です。

泉鏡花文学賞は、第一回が一九七三年です。十五回まで選考委員は変わらず、井上靖、奥野健男、尾崎秀樹、瀬戸内晴美（現瀬戸内寂聴）、三浦哲郎、森山啓、吉行淳之介といったそうそうたるメンバーでやっていました。瀬戸内さんとぼく以外は、みな亡くなられて、委員もがらりと変わりましたが、今、四十六回目です（二〇一八年十二月現在）。戯曲大賞のほうは、唐十郎さん、ふじたあさやさんらとともに参加しています。

文学賞選考委員の仕事は、自分の創作時間にも食いこんでくるほど大変な仕事です。しかし、全国の読者が読んでいるかもしれないと思うと選考に気が抜けないし、新しい発見・発掘があり、自分の勉強になる。なにより作家として喜びがあるところがありがたいのです。

●ボーダレスの作家たち

ところで、「作家」と一口に言ってもスタイルはさまざまです。森鷗外は医師で、日清・日露戦争時、陸軍の軍医として従軍しただけでなく、多くのルポルタージュも書いた。彼は軍医総監にまでなり、また帝室博物館の総長や帝国美術院の初代院長など官僚でもあった人ですが、日露戦争のときには、歌も書いている。流行歌というか軍歌というか、かなりの数の歌を書いているんですね。

夏目漱石は少年時代の夢として漢詩人になりたかった人です。果たせずに小説家になってしまったけれど、その前は中学や高等師範学校で英語教師、イギリス留学後は、大学の英文学教師となるなど、もともと教職者だった。昔の作家たちは、小説家専業ではなく、ボーダレスが普通でした。

現代のいわゆる純文学とか芸術家とか小難しく思われている人たちも、実は多彩な仕事をしています。この間、ＮＨＫの「ラジオ深夜便」という番組の中で「歌う作家たち」という特集をやったことがありました。それが好評だったようで、再放送になった。ふだん、この番組を聴いたことのないような若い人たちがブログの上ですごく賑わって、「ＤＪ五木ガンバッテル！」などと書いてあって、こっちがビックリしたものです。

そのときに放送したのが、映画の主題歌「からっ風野郎」です。作詞と歌が三島由紀夫、ヤクザの歌ですね。これを三島由紀夫が書いたのか、と思うほどの歌詞です。しかし、本人が本気で一生懸命に歌っているところがいいですね。しかもセリフ入り。キングレコードから発売になりましたが、三島は作家の余業としてではなく、まじめにヒットさせようとして歌っている。三島由紀夫という人はそういう人です。特に歌に関していえば、力が入っていました。

彼はサブカルチャー的な世界でも自己顕示欲が強かった。映画の主演もする。写真のヌードモデルもやる。シャンソンも歌う。ボディビルもやる。ありとあらゆることでメジャーに登場して、小説と同時に他の作品でも表現の道を見出そうとする。とうとう、それが政治活動にまで発展する。彼は自己表現の極（きわみ）といっていい作家です。

さらに驚いたのは、この歌の作曲とギター演奏が深沢七郎さんだったことです。三島が中央公論新人賞の選考委員をしているときに、彼は深沢七郎の『楢山節考（ならやまぶしこう）』を激賞し、ピックアップした。ですから深沢七郎は三島の伴奏も作曲も引き受けたのかもしれない。深沢さんは日劇ミュージックホールのギタリストで、もともと音楽家だったから、三島さんがおやりになるなら私が曲を書きましょう、とかいう話になったのではないでしょうか。

石原慎太郎さんもレコードを出していて、彼は日生劇場の創設にも関わっていて、作家としてものを書いているだけの人ではなかった。浅利慶太らとともに、東急の五島昇を説得して、あの文化センターを作り上げた。それだけでもたいしたものです。その石原慎太郎が歌詞を書き、曲も作り、その上歌ってもいる。コツコツ小説ばかり書いているわけじゃないんだね。

彼が作詞作曲してリリースしたのは「夏の終わり」という歌です。これが当時の美人ジャズ歌手ペギー葉山とのデュエットなのです。レコードジャケットの写真は、ペギー葉山と腕を組んだツーショット。つまり本気で弟と張り合っている。ラテン調のメロディーで、三島さんとは違って、こちらは歌はうまいです。裕次郎ほどではないですが、味もある。キングレコードで正式に発売されました。

それから新井満さんがいます。電通の社員だったけれど、彼も歌はうまかった。最初に注目されたのが、阿久悠作詞、森田公一作曲のＣＭソングです。その後、公募で『青春の門』をテーマにしたアルバムを作ったのですが、そのときに佳作になったのが彼の作曲によるものでした。講談社の授賞式に現れたとき、白いエナメルの靴を履いた長髪の今どきの人、という印象がありました。「千の風になって」がメガヒットしたけれど、これも新井満さんの訳詞・作曲です。

あとは野坂昭如です。「黒の舟唄」「マリリン・モンロー　ノー・リターン」を歌っている。

彼は、まあ、へたうまなのですが、味があるし、とてもいいです。

「歌う作家たち」の第二弾をやってくれと言われていますが、ほかに人がいないのですね。強いていえば、辻仁成さん、町田康さんでしょうか。この二人はロックバンドのミュージシャンとして活躍した人なので、まあプロです。あとは川上未映子さん。彼女もバンドをやっていてCDを何枚か出しておられるのでちゃんとしたミュージシャンでしょう。あと二人くらい集まらないと番組にならないので困っています。聞くところによると、宮部みゆきさんとか、すごく歌のうまい人はいくらでもいるようですが、レコードを出している人はそういませんからね。逢坂剛さんはフラメンコギターの達人と聞きますが、歌は歌わないらしいのは残念です。

2 ぼくの目指してきたもの

●エンターテインメントが恥ずかしかった時代

ここで少し、作家になる前の話をしたいと思います。

九州から上京した二十歳前後の頃、苦学生だったぼくは、とある料亭の皿運びのアルバイトをしていました。ちょうど隅田川の花火大会のときのことですが、花火が終わり、お客さんたちがゾロゾロと引き上げた後、座卓にちらかった器なんかを片付けていたら、そこに食べ残しのメロンを見つけた。上のほうはかじられていたものの、果肉が十分に残っていました。

今以上にメロンは高級品で珍しかった時代です。まわりを見渡し、誰も見ていないのを確認して、そのメロンを取って口に入れた。生まれて初めて食べたメロンは、天国の味のようで、あーうまい、と至福に酔ったその瞬間、ポーンと音がしたのです。一発残っていたかどうかの名残りの花火が、橋の端のほうで上がったんですね。豪華絢爛ではなく、寂しい花火でした。

それがパーッと散って消えていく中で、他人の食いさしのメロンを持って茫然と立っていた夜のことを、今も忘れることができません。

九州の人間は、話を盛るのをよしとする気風があり、十センチメートルほどの魚を釣っても、両手を広げてこれくらいのを釣ったとうそぶくところがある。でもそれはただの嘘つきじゃないんです。聞いているほうも小魚だったろうと承知しつつも、「いやぁ、それはでかかとば釣ったね、たいしたもんたい」と、みんなで気持ちよく座を盛り上げるのです。それを夢野久作どんといいます。

あそこの息子は夢野久作どんだね、っていうと、話は当てにならないけれども、みんなから愛されている大ボラ吹きという意味合いをもつのです。ぼくはそれをとても大事なことだと思っています。

砂まみれになって黙々と石炭を掘り続け、一日中働きに働いた筑豊の炭鉱夫たち。彼らはひたすらトロッコを押しながら、しゃべりたいことがたくさんあってもしゃべる暇なんてない。その重労働からひととき解放され、ホッとするのが共同風呂です。

昔の共同風呂は混浴ですから男も女も一緒になって、わーっと笑って騒ぎ、盛り上がる。

それが働き者たちの、つかの間の、唯一の楽しみでした。暇で一日ぼんやり過ごしているのとわけが違います。そこで本当の話ばかりをしていたのでは、気持ちが暗くなる。どれくらい話を盛れるかが、その人の力量、勝負です。

作家も同じではないかと思う。ぼくは、世に出した最初の小説『さらば　モスクワ愚連隊』のあとがきに「自分はエンターテインメントを目指してやっていく」と宣言していますが、読んでもらう人たちに、千円の本なら千円出した分、楽しみなり喜びなり、疲れを癒すものがなければいけない、そこにぼくが宣言するエンターテインメントの基本があります。瞬間だけでも楽しんでもらい癒される。そのとき限りの歓びです。言ってみれば、一瞬で消える花火みたいなものでしょう。一瞬で消えるけれども、あのとき見た、という記憶はずーっと後まで残ります。

直木賞をもらったときに、どなたか選考委員の一人から、一見このように華やかな才能を持っている人は花火のように消えがちなものだから心して書くべき、というようなことを言われました。

先生、違うでしょう、ぼくは花火をやろうとしているのですよ、空に花火が張り付いたら困るでしょう、と内心、思った。一瞬で消える花火だからこそいつまでも記憶に残る、それがぼくの小説論です。いまだにそうです。久作どんの自慢話と思ってくれたらいいのです。

世の中の現実や真実が見えるにつけ、ため息が出ます。欲望ゆえに家族兄弟でさえ、血で血を洗うような大喧嘩をする。人間とはなんと愚かしい、なんて残酷で無慈悲な存在なのだろう、そしてなんて残酷な社会なのだろうかと。そして自分は、と。人間不信と自己嫌悪の淵の底でどうしようもない時間が過ぎていく。

仕事に疲れ、現実の矛盾の中で疲弊している読者を、たとえ一瞬でも慰めるのがエンターテインメントでしょう。酒飲みの酒と同じ。飲んでいるときは慰められる。が、酔いが覚めれば現実に戻る。歌の一節ではないけれど、「せめて一夜の慰め」です。

花火を見ても、翌日は過酷な労働が待っている。それでも、ああ美しいなとせつなに思うことは、貴重なことだと信じているのです。

民俗学者の柳田國男（やなぎたくにお）が、日本の文芸の伝統は、疲れ果ててとぼとぼと歩いている旅人に野の花を摘んで無言で差し出すようなもの、と言っているのですが、なるほどそうだと思いました。

●いろんな仕事もすべて「作家」

ぼくは普通の作家ではない道をあえて選んできたわけですが、客観的に見ても普通ではなかった。大学をヨコに出た後、ラジオのニュース番組作りなどいくつかの仕事を経て、初めて就職したのが創芸プロというプロダクションでした。その後一年足らずで運輸省の外郭団体の運輸広報協会にスカウトされ、『運輸広報』という雑誌の編集主幹を仰せつけられた。そのあたりの話は、『僕はこうして作家になった——デビューのころ』や『わが人生の歌がたり』などに書きましたが、ぼくがわりに自動車業界に詳しいのは、そんなところにあります。

とはいうものの、その後自動車のCMや広告に関係することは一切やっていません。ただ一度だけ、『CG（カーグラフィック）』という雑誌に一ページの広告を出すので、北欧のサーブという会社と契約していたことがある。何年間かそのページだけ『CG』誌に限ってという条件つきでした。謝礼の代わりに、毎年新しいサーブを貸してもらえるといういい話で、とっかえひっかえサーブの新車に乗っていました。いい車でしたが、サーブは日本から撤退し、ゼネラル・モーターズに買収されてしまったのは残念です。

業界紙をやっていた時代、知人から「ジングルのヴァースを書いてみませんか」という誘いを受け、その仕事をしていたことがあります。ジングルとはCM、ヴァースとは歌詞のこと。つまりCMソングの歌詞を書く仕事です。それがだんだん忙しくなり、業界紙を辞めてCMソングの歌詞を書き続け、CM音楽の賞もちょくちょくもらうようになっていました。

す。

が、作品売渡しの無名性に、気楽さと虚しさを感じ、一所不住の虫がうごめきはじめた頃で

そんな折、仕事をしていた会社の社長から、ＣＭ音楽部門とは別に、テレビ・ラジオ番組などの作家陣の強化をはかりたい、ついてはその中心として動いてほしいとの話がありました。そこで社でよく顔を合わせていたコントのベテラン作家と構成作家の先輩ライターお二人とＴＶペンクラブなるグループを作り、放送や雑誌の仕事をやりはじめました。

家の光協会で取材記者の仕事をしていたのも、その頃です。農村家庭雑誌『家の光』と並んで、協会の二大雑誌で硬派の『地上』誌の農村ルポです。ずいぶん日本各地を歩きました。北海道には、知らない地名、読みづらい地名がたくさんありますが、だいたい歩いているので読めます。東北も山陰も。ぼくにとって旅が日常、帰ってきて休んでいるときが一時期休憩、という感覚でした。

そのずっと後のことですが、同じ『家の光』にシベリアでのルポルタージュを書いたことがありました。ロシア、当時はソ連でしたが、そこを旅したときのことです。ソ連は極度に写真撮影を嫌う国です。軍事施設を撮ろうなんて思ってもいないのに、とにかく写真はダメ。戦争の後遺症かもしれませんが、スパイ恐怖症というのか、何を撮っても怒る。ふつうのロシア人ですら、写真に撮られるのを嫌いました。日本人は愛嬌をもってカメラを向けるので、

たとえば東南アジアなんかだと子どもたちがニコニコしながら寄ってきます。なのにロシア人にカメラを向けると、みんな一斉にものすごく怒る。しかも、現地の旅行会社は国営のインツーリストと決まっていて、むやみに写真を撮らないよう集団でしか動かさない。

しかし、ハバロフスクに行ったとき、ぼくは日本人の墓地をどうしても探したかったので、途中でトイレに行くと言って、こっそり集団を抜け出したのです。駅の外に出て勝手にタクシーと交渉し、走ってもらった。すると、なんと、日本人の墓があったのですね。ぼくは内緒で、パシパシと写真を撮り続けました。見つかれば、国外退去になってもおかしくない状況です。

帰国して『地上』に掲載されましたが、これはおそらく、シベリアに日本人の墓地があるという最初の報道じゃないかと思いますね。

●原点にある引揚体験

いまも取材旅行をしたり、講演で地方へ行ったりしますが、ときにはひどいビジネスホテルの、さらに下みたいな駅前ホテルに泊められることもありました。一瞬ムッとする。なんだこんな所に泊めやがってと。でも部屋に入ってみると、小さなテレビもあるし、冷蔵庫もある。ベッドの中に入ったままで、手を伸ばせば何でも届くし、清潔なシーツも付いている、シャワーもある。いやー、これは天国だなぁ、あの頃に比べれば、と瞬時にして思うのです。指標にあるのはいつも「あの頃」です。父の赴任地平壌（ピョンヤン）で敗戦を迎え、悲惨で困難な日々を送ることになった頃です。そこから奇跡のような脱出をして三十八度線をこえ、開城（ケソン）へ。そこは古い高麗（こうらい）の都で、高麗人参の本場として有名な土地です。北緯三十八度で線を引くと南に入る位置にあるのに、金日成（キムイルソン）はここを譲らなかったという。今はここだけポコッと北の領土になっていますが、当時は南であり、米軍地区だったのです。その難民キャンプのような所で過ごしたことがあった。

ここに収容されてからもその前も、厳しい時を過ごしました。寝るにしても他人の体と重なるようで、膝も伸ばせず眠る毎日です。ですから、手足を伸ばして寝られるということが、本当に幸せ、ありがたいと思う日々でした。

そんな経験があるので、宿泊する部屋が狭くても平気なのです。そのほうが楽、そういう感覚が今でも消えないのは、あの引揚体験のおかげでしょう。スイートルームなんかに泊まったら、トイレに行くのに一部屋横切らなければならないし、かえって面倒ですよね。どんなひどい部屋でも、一瞬のうちに天国に思われてくるのは、本当に有難いことです。

食べ物にしてもそうですね。食べられればいい、という感覚がどこかしらにある。味の良し悪しなんか言ってられるか、と思います。戦乱の子、非常時の子ですから。出汁がどうのとか、何を言っているんだよって思う気持ちがどこかにある。安くてうまければそれでいいじゃないか、と思うわけ。

美味しいものを食べることは大好きですが、安くて粗末なものを食べることに関して何の抵抗もない。むしろ、そういうものの美味しさのほうが、よくわかるところがあります。

中華料理は凝ったものが品数多く出てくるので、面倒ですね。いつも最後にザーサイを山ほどもらうんです。茶碗にご飯を三分の一ぐらい入れて、ザーサイを上にいっぱい敷き詰めてお茶をかけてザーサイのお茶漬けにすると、これがうまいんですね。好物の話になると、どうしてもそういう情けない話になってしまいます。

それから、コロッケですね。揚げたてではなく、ちょっと冷めたのを買ってきて、トースターで焼いて食べる。これにソースを少しだけかけると実にうまいです。あまり肉の入っていないじゃがいもいっぱいのやつで、どちらかというと、そう立派じゃない店のもののほうがいい。上等な店だとよい油を使ってきれいに揚げるから、香りもいい。それもいいんですが、どちらかというと安い店で黒っぽく揚げたコロッケが、意外に美味しい。古い油で揚げて体に悪そうだけど、トースターで焼くと、ある程度油は落ちるしね。

前にＮＨＫから「きょうの料理」という番組の「わたしの自慢料理」というコーナーに出

てくれませんかと依頼がありました。どんなものを作ってくれますかと尋ねられたので、コロッケを買ってきてトースターに入れて焼きます、と言ったら、今回は結構です、と断られました。ぼくとしては美味しく焼くことにちょっとしたこだわりをもっているのにわかってないな、と思いました。コツは、少しつぶして平たくしてから焼くことです。

東京に来て初めてメロンパンを食べたとき、これはうまいと思い、しょっちゅう食べていました。そのことをエッセイに書いたら、行く先々で、もういいっていうくらい山ほどのメロンパンが出てきた。今でも講演会で時々メロンパンが差入れされることがあると、ああ五十年前の読者だな、とわかります。

ところで、このメロンパン、戦後五十年、六十年経って六本木あたりでムロン・ド・パリという気障（きざ）な名で売られていました。それもビニールの袋に入れて売りはじめた。これじゃあダメだとエッセイに書いたのです。メロンパンは外側がカサカサしているのが魅力、袋に入れたらねっとり湿ってしまい、こんなもの食えるかと悪口を書いたら、叱られました。文章は、気をつけて書かないといけませんね。

そういえば、敗戦後、平壌にあるロシアの兵隊の宿舎で働いていたときに、帰りにくれるものといえば、肉の塊と黒パンでした。兵隊が食べている黒パンは上品なものじゃなく、粗雑な作り方をしているから、ちょっと酸っぱい。ロシア人は、酸っぱいのが田舎風、酸っぱくないほうが上等と思っている。後年バイカル湖に旅したときに食べた黒パンは酸っぱくなかったです。でもその酸っぱさに慣れると、なんともそれが好きになるのです。少年の頃に食べた酸っぱい黒パンは、ぼくにとって郷愁の味です。

昔から養生を気にかけるというか、自分の体は自分で面倒を見なければいけないという思いがある。体調を崩しても病院なんて行っていられない状況に身を置いたことで、自分で体のコンディションを整えていかなければと、無意識に自己防衛本能が働くのでしょう。

食事のことに関しても、腹八分というけれど、本当ですかね。それは三十歳くらいの人を基準にしているのだと思い当たって、納得がいきました。昔の人は人生五十年だから、十代までは腹十分、食べたいだけ食べて体を作って大きく育てる。十代を過ぎて二十代までは、腹九分がいい。三十代になって腹八分、四十代で腹七分、というふうに十代ごとに一分減らしていくのです。そう計算していくと、八十代はだいたい腹三分です。九十代で腹二分、百歳になったらもうほとんど食べなくていい。

ですから八十過ぎたら、腹三分。ということは一日一食でいいんじゃないのと思ったり。今、ちゃんとした食事は一日一回です。あとはサンドイッチをつまんだり、おやつのようなものを少し食べたりしますが、食事は基本一回だけ。

いずれにせよ、とりあえず食っていけさえすればそれでいい、という気持ちは今も変わりません。引揚げ体験が生き方のベースにあるのですね。

●師弟関係を作らなかった得失

大学を途中で出たために、ぼくは大学でちゃんと学んでいないし、恩師というものができませんでした。早稲田の露文科に入り、初めて教えを受けた横田瑞穂先生とのおつきあいは特別なものではありましたが。

小説を書くようになってからもそうだった。どの文壇にも、何々一派と言われる大御所がおられましたが、ぼくは誰にもつかなかったし、弟子も作りませんでした。

かつて中央線沿線には二つのグループがありました。一つは丹羽文雄(にわふみお)さんです。当時の文壇の大ボスでした。もう一つは文壇の尊敬を集めた井伏鱒二(いぶせますじ)さんだといわれています。小説家は中央線沿線に住むかたが多くて、デビューした新人は、つてを頼ってグループに置いてもらうか、頼んで潜り込み、声をかけられるのをただただ待つ、といった具合でした。

丹羽さんは多忙な人だったから、たくさんの人に毎日来られると大変なので、曜日を決めて、門下が集まったそうです。席順なんていうものもあり、新入りが勝手なことを言ったりしたら、みんなからジロッと見られる、そんな雰囲気だったと人づてに聞いています。ぼくも、一度顔を出しませんかと勧められたことがありましたが、生来の怠け者で、ついに伺いませんでした。

井伏さんのところへもお伺いしませんでした。横田瑞穂先生が井伏さんの昔からの友人だったこともあって、ぼくがデビューした頃からとても親切にアドバイスをくださり、井伏さんのところにうかがったほうがいいよと言われましたが、縁がありませんでした。デビューして間もなく、井伏さんとは河出書房新社の『文藝』という雑誌で長い対談をやったことがありましたが、当時金沢に住んでいたので、田舎にいると東京の文壇のそういう人間関係に付き合うこともなかった。

確かに何々門下、という人は多かったですね。そこから多くの作家が輩出されてもいる。先輩誰それの一門である、ということは当時の文壇では非常に大きいことだったようです。先輩の作家に嘱望され、書いたものを先生が褒めてくれ、出版社とかを紹介してくれるなど、非常にありがたいこともあったそうです。

しかしぼくは最初から新人賞のコンクールで出てきた新人です。作家でも批評家でも、書かれたものを大事にして愛読する人はいましたけれど、個人的なお付き合いは同業者でもありませんでした。師事する人もいなかったから、そういう点では、いろいろマイナスなこともプラスのこともあったんじゃないかと思います。

ところで文壇という世界は日本独自のものではなく、外国の方がはるかに規模が大きい。サロンですね。ロマノフ王朝の末裔でロシアでも有数の篤志家、エヴゲーニャ・M・ロマノフスカヤが主宰したサロンは有名で、新人がデビューすると、刺身のツマとしてサロンに招待される。才気を感じさせるような振る舞いが認められると、常連として呼ばれるようになります。そこで、出版社の社長や先輩、批評家、貴婦人たちとも知り合いになる。作家のみならず、科学者、音楽家、画家、詩人、俳優などもいて、ジャンルを超えた交流があり、そこでアートが成熟した。

それはロシアに限りません。プルーストが書いていますが、アンドレ・ジッドのサロンに招待されたときは、大変な緊張ぶりだった。最初にどう挨拶しようか、鏡の前で手を出し、何度も何度も練習する。何を着ていこうか。そこで会う人の作品について、どう対応したらよいか、「感激しました」でいいだろうか？　そんなふうにサロンデビューを前にして、ノイローゼになるくらい考える。

それらの国々はサロン文化だったのです。そういう意味では、日本は門下をひきいる作家は、やはり一国一城を構える器量というものを備えている人が多い。井伏さんなども、じつに大人の風格があり、戦時中のいろいろな振る舞いにしても、戦後の立ち振る舞いにしても、みんなから非常に尊敬されていました。もちろんぼくも尊敬している大先輩の一人ですが、なぜかどなたとも師弟関係を作ることなく、今に至っています。

●続けることの大切さ

昔、ＣＭソングやその他の分野でお世話になった作曲家の一人が、高井達雄（たかいたつお）さんです。彼とは、駆け出しの頃に、一緒にたくさんの歌を作ってきました。三十か三十一歳の頃です。ラジオ関東（現アール・エフ・ラジオ日本）の「メロディー・ニッポン」で放送された「おしえておくれ」という歌もその一つです。歌い手は安田章子、若い頃の由紀さおりです。由紀さんには、ＢＳ朝日の「百寺巡礼」という番組のエンディング曲を歌ってもらって、スタジオで再会、五十五年ぶりだね、と互いに懐かしくて握手しました。

友情とか趣味が合うとかで付き合っているのではなく、仕事でこんなふうにつながっているのはおもしろいです。五十年以上同じ仕事をしている仲間がいるというのはすごいでしょう。ぼくの場合、ある意味で「持続」は一つの生き方のスタイルです。本当に不思議だと思うし、財産です。

海外の映画制作は、その映画を作るためにスタッフを集め、制作が終わると解散、といった一回きりの独立プロダクション制が多い。日本映画も近年、独立プロの作品が評価を得るようになりました。資金調達も、応援する人たちから集めるクラウドファンディング方式だったりする。これはたしかに正しい制作の仕方だと思います。

本作りも同じで、一冊のためにスタッフが集まって、完成したら解散する。またしばらく会わないで、何年後かにまた集まる。ぼくの場合、そうやってずっと何十年も仕事が続いている人たちばかりです。

ところでぼくが高井さんと出会った頃、彼は「鉄腕アトム」の作曲家として有名でした。タンタンタターターターンというあれですね。手塚治虫さんから、急いで明日までに作れって言われて、電車の中で曲を書いたんだと言っていました。

そんなふうに謙遜して言われますが、いまだに高井さんは旺盛に音楽活動をされています。三ツ矢サイダーのＣＭソングを書いたり。今、八十五ですが、バリバリの現役、大メジャーです。

高井さんは編曲もやっていたから、ロシアでも鉄腕アトム関係での演奏会にはよく行ったそうです。アエロフロートに二百回乗ったと言っていました。それくらい鉄腕アトムはロシアで人気があります。

この間、高井さんが中国へ行ったときに、バスで小学生のグループと一緒になったそうです。車中で彼らが鉄腕アトムの歌をみんなで合唱している。この曲、ぼくがつくったんですよ、と引率の先生に言ったら、全然相手にされず、この人、頭は大丈夫かって顔をされたそうです。

ところがその翌日、彼のところに電話がかかってきた。インターネットで検索したら、あれは確かに高井先生の作だということがわかりました。失礼いたしましたって、丁重な挨拶をされたそうです。これはいいですね。名刺など必要ないですから。

歌詞は中国語に訳されているけれど、アトムだけはアトムそのまま。韓国語でもロシア語でもアトムはアトム。ですからみんなが知っている。ぼくが『蒼ざめた馬を見よ』を書きましたって言っても、誰もわからないですから。

3　長く続ける中で考えてきたこと

●ブームはいい加減なもの

長く続けていると、文学に限らず、いろんなところで世間の流行りやらブームが起こっては消え、というのを多く目撃してきました。今、徳田秋声や室生犀星が若い女性の間で大人気と聞いて、びっくりしています。漫画になったからだそうです。ついこの間まで、徳田秋声といえば『黴』などを書いた地味な作家だと思っていました。

泉鏡花などもそうです。自然主義文学以外はほとんど無視された時代に、江戸情緒漂う怪奇趣味的な特有のロマンティシズムの作家と思われていました。一時期は古い上着よさようなら、といった感じに思われていたし、文壇からも忘れられた存在だった。ところが戦後、三島由紀夫さんなんかが鏡花を褒めたたえたりしたものだから、一斉に大作家として再評価されはじめます。

戦前、かろうじて鏡花の作品が息絶えなかったのは、新派の芝居と映画、そして流行歌があったからでしょう。『婦系図』は新派の代表作ですから、名優の芝居によって人びとに親しまれ、鏡花は小説家というより、お芝居の原作者といった感じの存在でした。

映画においても長谷川一夫が主役の主税を演じ、「湯島通れば想い出す、お蔦主税の心意気」という歌が当時、大流行しました。今でも湯島天神に行くと、この流行歌にまつわる場所があるように、当時日本中を席巻したそうです。落語や漫才にもなり、「それは芸者のときにいうセリフ」などとみんなが真似して言うようになりました。鏡花は、大衆芸術の中、芸能の中で生き続け、戦後、文学者として再復活するわけです。

鏡花の本は、ほとんどが小村雪岱という装丁家と組んだものでした。この雪岱という人は美学校出の日本画家です。造本においては素晴らしいイラストレーターであり、挿絵もそうだし、ブックデザインにおいても極めて才能のある、いわばアートディレクター的存在なのですね。ここのところ伊藤若冲がブームですが、若冲のあと、ぼくは小村雪岱ブームが来ると思っているのですが。

ぼくらの時代は小説の神様といえば、志賀直哉と横光利一が両横綱でした。しかし今、町の書店で二人の大小説家の文庫を探したとしても、なかなかありません。ブームに絶対不変はない。

思想も変わります。ぼくらの時代には実存主義の全盛期があり、戦争中は日本浪漫派のブームがあった。時代のモードは簞笥（たんす）の中の洋服のように、ころころ変わります。科学だってしかり。ついこの間の学説が一気にひっくり返る。医学がそのよい例です。日露戦争では戦死者の数より、戦傷者の数がはるかに多かったのですが、その死因は何かというと、脚気（かっけ）でした。日清戦争時も戦死者は本当に少なかったが、脚気の患者と脚気によって病没した人はとても多かったのです。それはなぜかというと、兵隊を募集したときに、軍隊に入ると一日白米六合を食べさせるといって人を集めたからです。

白米というのは当時の農民にしては、死ぬ前に初めておかゆとして食べられるものであって、ふだんはヒエとかアワとかトウモロコシを食って暮らしていた。白米は売るもので、銀シャリを食べるなんて一生の夢です。それを、毎日食わせるぞといって、国民皆兵の基礎を作ったのです。それで兵隊がどんどん徴収されたわけです。戦死者も多かったのですが、病気になった兵士がとにかくたくさんいた。

そこで海軍の軍医は研究したのです。イギリス海軍は同じ海軍なのに、脚気患者が少ない。日本は白米を食っている。これはひょっとして食べ物が原因じゃないかといって、麦飯に切り替えてみた。すると劇的に海軍の脚気患者がいなくなったというのです。

ところが陸軍の軍医は森林太郎、つまり森鷗外だった。鷗外はコッホの伝染病研究所で学んだ医師です。当時の一大流行が細菌学で、森としては、脚気も細菌説を取らざるを得なくて頑固に細菌説に固執した。海軍が麦飯を食べさせているのに、陸軍は白米を食わせていた。ですから脚気がなくならなかったといわれています。森が死んだ後、陸軍も慌てて麦飯に切り替え、脚気患者が劇的に軍隊から消えたらしい。

同じようなことが今の医学にもあります。今流行っていることが十年先にはあんなバカなことをしていた、と言われるでしょう。ぼくが病院に行かないのは、それが理由です。抗がん剤が流行していますが、そのうち、あれは毒だからやめたほうがいいという意見が出てくる。放射線治療も同様です。科学の学説も絶対的なものはなく、日々動いていくのです。それは思想や芸術でも同じではないでしょうか。

●人は変わっていく

人だって変わるものです。ずっと同じじゃない。よく親鸞（しんらん）の思想とは、簡単に言ってどういうものですか、と聞かれたりする。そこで、親鸞の何歳ごろの思想ですか、とぼくは聞き返します。二十歳の親鸞なのか、三十歳のときなのか、都を離れて北陸にいる頃の親鸞なのか、あるいは関東で弟子を教化しているときの親鸞なのか、京都に戻って和讃を一生懸命書いているときの親鸞なのかと。親鸞も人です。ダイナミックな人間です。変貌しなければ、生きた思想にならないでしょう。二十歳のときから思想や信仰が固定されているようでは、その人は進歩も発展もありません。

親鸞は十代から九十代まで進化し続け、変化し続けた人間です。それを、親鸞の思想という言葉でまとめてしまおうとする。そんなバカなことはありません。八十五歳と二十五歳では、一筋変わらぬものはあっても、親鸞の思想は大きく違います。

ですから、その人の晩年に汚点があったからといって、その人の青春の記録を否定するなんてとんでもない。逆に若い頃にバカな作品を書いて、晩年にいい作品を書けば、それはすごいことじゃないですか。

ダイナミックに、動的に物事を捉える、それが哲学や思想の源流です。人は変わるものであって、仏教の思想は常に変化する。万物は流転するのです。

ぼくは学生時代からマクシム・ゴーリキーが好きでした。長い小説はともかく、自伝的な小説と初期の短編は今でも好きです。本名はアレクセイ・マクシーモヴィチ・ペシコフというのですが、「ペシコフの肖像」という卒論を書きかけたこともありました。

ゴーリキーはソ連が崩壊して以来、スターリンと同じかそれ以上に集中攻撃され、今は人民の敵みたいにミソクソに言われています。でも彼は必ずしもそんな作家ではない。めまぐるしく変わる政局とそれに付随する政治的な判断の中で、レーニンやスターリンにもみくちゃにされ、政治と文学の狭間(はざま)で揺さぶられた人です。

ゴーリキーの初期の短編や回想はいいですね。『回想』（邦題は『追憶』）も。晩年に社会主義的な変な本を書いたからといって、その短編のよさは決して否定されない。人間、一生の中で、いろいろな作品を書くのは当たり前のことです。天才的な作家が、呆(ほう)けた作品、箸にも棒にも掛からない小説をいっぱい書いている例はたくさんあります。

ゴーリキーの自伝的な作品に『モイ・ウニヴェルシチェート』という小説があります。邦題は『私の大学』です。蔵原惟人(これひと)という人の古い訳で学生時代に読みましたが、ものすごく感動しました。「こうして——私はカザン大学に学びにゆく、それ以下のことをしにゆくのではない」というふうな書き出しは、今も懐しい。要するに貧しい少年が大学に行きたくて、都会に出てくるのですが、大学に行く夢破れて、それこそゴーリキーの『どん底』に出てくるような安宿の片隅で、放浪者たちの中で日々暮らす。そういう青春の生活記録を書いています。

本当にいい作品です。ゴーリキーは一度自殺を試みています。そういう人ですが、人の一生をひとくくりにして好きだ、嫌いだって言ってもしょうがない。若い人も年を取るんだからね。

しかし、いまゴーリキーを好きだなんて言ったら、頭のおかしい作家と思われるかもしれません。

● 純国産になぜこだわる

二〇一七年、本田哲郎（てつろう）さんと一緒に本を出しました。本田さんはバチカンで勉強した、聖書解釈における世界的な学者です。日本のカトリック教会の正式な司祭でありますが、教会から離れて大阪釜ヶ崎で日雇い労働者に学びながら聖書を読み直している人です。

この人との話の中で、親鸞の思想とキリスト教の思想とが通底しているものがある、というのが大きなテーマになっています。でもこういう話は、この世界ではタブーとされているのですね。

親鸞の悪人正機（あくにんしょうき）の思想の中に、キリスト教の影響があるのではないかと思われる部分がある。たとえば、『歎異抄（たんにしょう）』の中にある「善人ですら救われる。ましてや悪人が救われぬはずはない」という親鸞の言葉と、『聖書』の「私が来たのは、真っ当な人のためではなく、罪びとのために来た」というイエスの言葉に共通するものがあるからです。けどそういう話は、日本の仏教業界、それを取り巻く世界ではあまり問題にされない。

キリスト教も仏教も、宗教とは相互浸透していくものです。キリスト教というのは、シルクロードを通って東へも広がっています。中国では景教という名で一時期広まる。今も中国や朝鮮半島でもキリスト教は強い。

親鸞の時代は、密輸入や密入国という形で海外との交流が盛んにありました。そういう中で、親鸞は鹿島明神にしばしば詣でている。鹿島明神は神様なので本当はおかしいという人もいるのですが、鹿島神宮には古い蔵書がものすごくあり、親鸞はそれを見に通っていたのでは、といわれています。ですが、鹿島は実は非公式な貿易の拠点でもあった。当時、外国といえば中国ですが、鹿島は中国の文物が流れ込む一つの入り口でもありました。

その中で親鸞が新しい宋の時代の宗教書に触れたかどうかなどということは、だれにもわからないことです。親鸞の思想の中に、キリスト教の影響がなかったと言いたいのは、日本の仏教の創始者が親鸞、鎌倉新仏教といわれるものの純粋性を守りたいからだと思いますね。ぼくに言わせれば、基本的に仏教界の人たちにはコンプレックスがある。自分たちの追究している仏教が、実は日本の思想というよりは、インド、中国、半島を通じての思想であり、オリジナルは向こうにあるということです。パーリ語やサンスクリット語を勉強しないといけないというのもそのためでしょう。たとえて言うなら、戦前の日本のジャズのプレイヤーが、いくらやっても黒人には敵（かな）わないなあ、と言っているのと同じです。相撲は日本の国技というけれど、もとを辿（たど）っていけばモンゴルです。そもそも天皇という言葉も神道という言葉も、語源はタオイズムにある、と中国思想史研究者の福永光司（みつじ）さんは言っていました。タオとは「道」のことで、人間の生き方を研究した中国古代の哲学です。

セイタカアワダチソウという植物が一時期、日本で繁茂して問題になったことがありました。この外来植物がどこから入ってきたのか、いろいろな説がある。戦時中、アメリカの爆撃機B29が撃墜され、乗務員がパラシュートで降りたときにくっついてきた種子だという説もあります。

この植物の原産地は北米で、英語名はカナディアン・ゴールデン・ロッド、訳すと黄金の鞭（むち）です。日本が食糧難のときに、アメリカがたくさん送り込んでくれた物資を入れた麻袋に種子がついていたという説もあったりするくらいです。なにが正しいのかわかりませんが、いずれにしても入ったのは戦中・戦後です。

セイタカアワダチソウがどういう環境を好むかというと、地面をひっかいた跡の場所です。つまり開発された所を一番好む性質を持っている。高度経済成長期に国道を広げ、高速道路を造り、新幹線敷設工事を行い、地面をひっかき回した。筑豊は炭鉱を掘り、地面をどんどん壊すものだから、セイタカアワダチソウで真っ黄色でした。日本の国土開発に沿って、セイタカアワダチソウが北上、東上しはじめるようになります。神武天皇の東征と同じです。

おもしろいことにススキの生えるところを好む傾向があり、競合するかのようにススキの植生に侵入していく。セイタカという名のごとく、ぐんぐん伸びて二メートルくらいにそびえると、周りに光が射さなくなったり、自身の根からある種の毒素を発して周囲の植物を枯らしてしまい、自分たちだけの王国を作ろうとします。

九州から東上し、一時、大和（やまと）の平原が真っ黄色だった時期があります。セイタカアワダチソウの黄金の波立ちの向こうに法隆寺があり、法起寺が見えるという風景が広がっていた。それを見てぼくは新聞に、「やまとしあやうし」という文章を書いたことがあります。

ススキはある意味では、日本の象徴でしょう。セイタカアワダチソウは外来文化、アメリカ文化である。この調子でいくと日本中がやられかねない、と世論がわいた。そうしているうちに、この植物が西日本から名古屋、仙台など東北にも見られるようになりました。

千歳空港（現・新千歳空港）に行く札幌の高速道路の左右にセイタカアワダチソウが見えたとき、もうこれはダメだと思いました。その時期に書いたエッセイが「セイタカアワダチソウは故郷をめざす」だった。安部公房（あべこうぼう）の『けものたちは故郷をめざす』のパロディーです。北米原産のこの植物が、極東アジアの日本に流れ着き、いまや一斉に生まれ故郷の北米をめざして東上しつつあるのだと。やがて北海道からアリューシャン列島を経由してカナダから故郷に帰るに違いない、と。

セイタカアワダチソウは花粉が体にアレルギーを起こすとか、周りの草を枯らすとか、有害植物として目の敵にされました。地方によっては役場に持っていけば一本あたり一〇〇円の奨励金を出すといって伐採させたりもした。自衛隊が火炎放射器で焼いたりもしたという。そういう国民的な総反発を受け、セイタカアワダチソウは絶滅したかというと、面白いことに消えなかったのです。

ところがこの十年くらい、ぼくは九州新幹線で、かつて真っ黄色だったあたりを回りましたが、あるにはあるが、なんと背が低くなっていて、ススキと共生しているのです。これは生物学的に、馴化（じゅんか）というものです。その風土に適応しないと、ここでは生きていけないぞと、セイタカアワダチソウ自身が理解し、どんどん低くなりこぢんまりした可愛い花になっていた。同じところにススキはススキで生えているのですね。両方同居して円満にやっていてよかったなぁ、和洋混合でやっていくんだ、この国で、とつくづく思い、何度もとりあげて書いたことがあります。

しかし、大事なことは、では果たしてススキは日本固有のものなのかということです。ぼくはイランに行く機会があり、トルコにも何度か足を延ばしていました。イスタンブールのトプカプ宮殿の中にはハーレムがあり、部屋の窓には鉄格子がはまっている。ここからボスポラス海峡が見えます。アジアとヨーロッパをつなぐこの海峡をずっと眺めていたのですが、ふと、その窓際にススキそっくりの穂が何本か揺れているのを発見しました。現地の人に聞いたら、こういうものは昔からずっと生えていて珍しくもないというのです。

ススキは日本の象徴だと思っていた。ススキとお団子で月見と思っていたけれど、なんだ、こいつも外国からの移民だったのか。仏教も外来文化、遅れて入ってきたキリスト教もしかり、この国のすべてのものがそうなのだと思うと、なんとなく納得がいきます。

では国花の桜はどうかといえば、桜はバラ科。サクラ科などというものはないのです。これもどこからきたのか、というふうに考えてみると、日本を象徴する物の中に、オリジナルはないんじゃないか。文化は外から入ってきたものが混合して馴化したもの。「純粋」であることに、なんら意味がないのだと納得しました。

●アメリカ文化を作り上げたもの

アメリカ文化もまた、その意味で「純粋」なものではない。

ぼくたちが感じるアメリカというのは、音楽を通して親しみを覚える部分が非常に大きいのです。ドナルド・トランプ大統領が強硬な移民政策を打ち出しましたが、アメリカポピュラー音楽の中心、たとえば「ホワイト・クリスマス」や「ゴッド・ブレス・アメリカ」、「アニー・ゲチュア・ガン（アニーよ銃をとれ）」などはロシア系移民の息子としてブルックリンで育ったアーヴィング・バーリンが書いたものです。「サマータイム」、「ラプソディ・イン・ブルー」、「パリのアメリカ人」などを書いたガーシュウィンも亡命ユダヤ系ロシア人二世でした。さらには「ローレンローレンローレン」でおなじみの「ローハイド」の主題歌や「真昼の決闘」、「ジャイアンツ」、「OK牧場の決斗」などの主題歌も、ディミトリー・ティオムキンというロシア人が書いた。ティオムキンはチョムキン、つまりポチョムキンです。それらのアメリカ音楽は全部ロシア人が作ったことになる。

文学においてもそうです。ウィリアム・サローヤンはアルメニア人だし、サリンジャーはポーランド系ユダヤ人の子どもです。ロシアや東欧からアメリカに亡命してきた一世二世たちです。

カリフォルニアワインは有名ですが、あれもジョージア（グルジア）とかあのあたりの連中が移住してきて、フォート・ロスで最初にぶどう畑を作ったのが始まりです。その後、カリフォルニアワインの父と呼ばれるハンガリー人がそのぶどう畑を買い取り、ワイン産業を広めた。ですからカリフォルニアワインというけれど、源（みなもと）はロシアや東欧にある。

それにロシアのパンは黒パンが多い。原料は小麦じゃなくてライ麦です。スラブ系移民はアメリカに来ても、小麦じゃなくてライ麦を栽培した。ですからサリンジャーの小説は『ライ麦畑でつかまえて』であって、『小麦畑』じゃないんです。タイトルにルーツが隠れているわけですね。

そんなアメリカで、いま強硬な移民政策が叫ばれている。ぼくらがかっこいいなぁと感じているアメリカは、移民によって成り立っているカルチャーの国なのに、それを閉じてどうするんだと思わずにはいられません。

●長く作家活動を続けるために――健康を保つコツ

二〇一六年で、作家デビューから半世紀を超えました。この「長く続けること」を支えるのに、自分なりの方法で体調を保つ工夫をしているということがあります。

乱暴なようですが、ぼくは歯科以外は長年病院に行かず、検査も受けませんでした。その裏には、自分の体は自分で面倒を見なければいけないという意識があります。他の人に任せるのは嫌だと思う。そのためには体のコンディションとちゃんと会話できるようにする。ぼくはそれを「身体語」と呼んでいます。体は本人に向かって常にいろんな情報を発信し、語りかけている。その身体語を理解しない限り、健康は保てません。

ぼくは健康法というものはあまり考えないのですが、養生は自分の趣味というか楽しみとしてやっています。「ヘルス・リテラシー」と最近は言うのだけれど、どれが正しい情報かを選択するには、自分でやってみなければわからない。ですから、試してみるのです。

たとえば寝るときに仰向けで寝るか、うつ伏せで寝るかという大問題があります。これは学者によって意見がまったく違う。仰向けに大の字になって寝るのが正しいと言う人もいれば、横向きに寝てと言う人もいる。二〇一七年に一〇五歳で亡くなられた日野原重明さんなんかは、うつ伏せに寝るほうがいいと言っていた。

横がいいと言っても、右を下にするのか左を下にして寝るのか、これもそれぞれ理屈がある。体質的に胃酸の強い人は、逆流性食道炎の可能性があるから、左を下にして眠るといい。胃は左に寄っているからね。誤嚥とか間違って喉に詰まらせるとかいうのではなく、人間の喉には四六時中何かが入っているので、寝ている間にたくさんの唾液と一緒に食道に逆流したものが気管へ流れ込む可能性がある。ですから胃の左を上にして寝ろ、と言う。どれがいいか、それは試してみなければわからない。人によって違うからね。ぼくはどうも右を上にしたほうが自分にとっていいような気がします。こんなことを言うと、人は笑うかもしれません。しかし、楽しみでやるのですから、いいのです。

歩き方にしてもいろいろあります。上体と下半身をひねって歩くような西洋式の歩き方もあれば、ナンバ歩きといって昔の日本人がやっていたように、左足と左手を真っ直ぐに伸ばし、かかとから着地する歩き方もある。すり足はいけないというけれど、お能はすり足じゃないかと言う人もいます。そういうものに、いちいち理屈をつけて自分で実験してみるのが、結構面白いのですね。

いいと言われることは一応全部やってみる。水を飲めというのも、歳をとってくると喉に詰まらせたり誤嚥したりする可能性があります。小さい薬、カプセルを飲むようなときでも、高齢者は喉に詰まらせたり、気管に流れ込んだりしがち。どういうふうにすれば一気に気持ちよく安全に快適に飲み込めるのか、いろいろやってみて水を飲むこと自体にもちょっとした工夫をしています。

子どもの頃に父親が岡田式静坐法というものに凝っていて、呼吸法をずっとやっていた。それでぼくも子どもの頃から呼吸法を見よう見まねでやっていた。どういうふうに吸って息を出すかということ自体にも、極め尽くせないぐらいの奥義があるのです。ものを飲み込む、立つ、座る、歩く、眠る、ありとあらゆることを一生懸命、面白がってやっています。

生活は不規則、夜中じゅう起きていて朝寝て午後目を覚ます。そんな生活が五十年以上続いていて、食事も不規則です。そんな中で、森の動物のように、決して家畜のようにではなく、生きていく工夫はないかといろいろやっています。

これはよいとか悪いとかは、実感として感じる以外ありません。それは結局、自分の体を理解するということでしょう。

今まで「一日一個のリンゴは医者知らず」と言われていたけれど、最近はリンゴは糖質だからよくないという説も出てきた。納豆を食べるには温かいご飯に納豆をかけて食べてはダメ、などと週刊誌に書いてありました。少し冷ましたご飯でなければ、納豆が本来持っているナットウキナーゼとかが働かないというのが専門家の説です。風邪を引いたらどうするとかもいろいろあって、そういうものって面白いから一応全部やってみる。今現在、ぼくの体調は決して盤石（ばんじゃく）じゃないし、課題をいっぱい抱えています。それを楽しみに飼いならすようなやり方で、試しているのです。

医者にかかるのは、歯だけです。歯はちょっと自分ではどうしようもない。歯医者に言わせると、歯は五十年持てばいいという。人生五十年の時代はよかったけれど、六十年、七十年も持たせようというのは無理だという説もあります。まあ、なんとか大事にしたいと思うので、歯医者だけには行っています。

考えてみると、今までいろんなことがありました。肺気腫になったり、偏頭痛に悩んだこともあった。偏頭痛などは十年間ぐらい大変でした。発作が起きると三日ぐらいはどうしようもないほど辛い。そういうときに自分の体を観察するのです。そこでわかったことは、低気圧のときに偏頭痛が始まるのではなく、高気圧が続いてそれが下がる曲がり角のときに起こるということです。今は誰でもそう言いますが、それが常識となる何十年も前から体でわかっていました。

新聞の天気予報欄をいつも細かく読んで、気圧の変動と自分の体調を照らし合わせてみるのが常でした。大阪で雨だったら六時間後にこちらに低気圧が来るなとか、福岡だと十二時間、上海だとまる一日、というふうに天気図を読みながら計算していました。

低気圧が急に迫って来そうなときには、風呂は避ける、お酒は飲まない、締め切りは延ばすとか、いろんな形で警戒してすり抜けてきました。

自分の体を観察していると、偏頭痛が起きかけるときの兆候がある。上まぶたが心持ち下がってくるのです。それと唾液がネバつくときがある。体が冷えているのに首の後ろがちょっと熱いとか。それが警戒警報です。そのうち天気予報より正確に気圧の変化がわかるようになりました。変化があってから騒いでもしょうがないのです。変化する直前の状況をいち早く考えて、それに対応する。それで偏頭痛をパスできるようになり、今は完全にすり抜けています。

風邪を引くときというのは、どういうことで始まるのか。野口体操の理論では、風邪と下痢は体の大掃除だという。風邪も引かないような体になったらおしまいだよ、というのが野口晴哉（はるちか）さんの理論です。風邪や下痢は心身のアンバランスの警告だという。いち早くそれを察し、三日以内に引ききるようにしないといけない。五日も六日も延ばしたら最悪だと言うのです。風邪と下痢は体の大掃除。ですから年に何回かは風邪を引け、という。季節の変わり目には風邪を引くようにするという理論ですが、面白い。

体を洗うべきか洗わないほうがいいか、シャンプーはどうすればいいか。そういうことも、体と会話を交わしながら方向性を探ってきました。

今は足が痛いのでできないけれど、昔は石段を見たらどんどん上るようにしていました。噛むことについても同様です。よく噛んで食べろというけれど、噛んでドロドロにして食べていたのでは、胃の持っている消化力が衰えるんじゃないか。胃は古い鉄釘さえも消化する強い力を持っている。ですから流動食ばかり摂っていると、胃が怠けて働かなくなる。週に五日はよく噛んで食べ、土日はあまり噛まないで飲み込むとか、いろいろやってみると面白いです。

そんなことで歯医者以外は病院に行かずにやってきたのですが、八十六年も使うと左足が痛くなって非常に辛いのです。この痛みだけは自分で一生懸命ケアしてなんとかならないかと思っています。

「病気を治す」とよく言うけれど、ぼくは「治す」というふうには思わない。政治の「治」は、「おさめる」と読む。人間は生まれたときから病人なのだから、崩壊していく中でなんとかそれを治める方向で八十六年、生きてきた。これから先も高齢化に伴う問題が次々と出てくるでしょうが、それを治めていく。ですから治すとか切るとか注射をするとかは、避けたいと思う。

これまでほとんど病院へ行かなかったと言うと、それはラッキーと言われます。交通事故や盲腸など突発的な状況があったら、病院へ担ぎ込まれざるをえないでしょう。しかし、自分の体を観察し、それに対してケアする、治めていくことはすごく必要です。

今の問題は、睡眠です。二時間ぐらい眠って目が覚めてしまう。覚めると本を読む。それがいけないのだけれど、枕元に山のような本があるから読んでしまいます。

起きたら歯を磨いて、梅干しを入れた湯を飲みます。寝ている間、口の中は常在菌をひっくるめて菌がいっぱいいるから、そのまま食べるのはよくないといいますね。いきなり冷たい水を飲み下ろしたら、これも絶対よくない。ここ十年くらい知り合いが梅干しを送ってくれています。使いみちに困っていたのだけれど、今はそれを活かして白湯に入れ、梅干し湯にして飲んでいます。

昔は食塩の摂り過ぎはよくないとすごく言われていたけれど、医師の近藤誠さんが食塩は摂らなきゃダメだ、食塩が足らないから人は死ぬんだと言っている。じゃあ、長野県は減塩運動をしてあんなに長寿になったじゃないかと反論する人もいます。それは違う、長野県が衛生管理をちゃんとするようになったからだと反対派は言う。そういうわけで塩に関しては正反対の意見があります。

血圧なんかも昔は年齢プラス九〇と言った。八十歳の人は、一七〇までは正常だったんです。今はもう上限が子どもから大人まで画一的に一四〇。さらに下げようとしている。歳をとり血管が硬くなって圧力をかけてプレスしないと末端まで血液が行き渡らない人間は、一八〇でも正常かもしれない。

朝晩体重を測っているけど、だいたい一キロの中で増減を考えています。徹夜なんかすると、ごそっと二キロぐらい減りますから。

こうして体と対話して、いろいろ試して、いろんな問題を飼いならしながら、長く作家としての仕事を続けていこうとしているのですが、思う通りにいかないのが人生なので、はたしてどうなりますことやら（笑）。

第二部

実践編

作家として自分は、何を大事にし、
どう表現してきたのか。
こだわりのあるジャンルを挙げ、
その思いと具体的な作品をふり返る。

1 対談について

かつてある出版社がぼくの全対談集を企画したら、あまりにもたくさんありすぎて出版を諦めたことがありました（笑）。これまでめちゃくちゃ沢山の人と対談してきたのは、対談こそ表現のメインストリームだと思っているからです。

対談は人との問答です。対話という言い方もしますが、こう問われたらこう答える、というのはコミュニケーションの一番大事なことでしょう。一人で文章を書いて不特定多数の人たちに伝えるより、一人で語るより、対談・対話の方が重要だとぼくは思っているのです。

ソクラテスは、道を歩いている人を勝手に捕まえては、お前は自分を誰だと思っているんだ、と聞いたりしたといいます。急にそう言われたって困りますが、問答法で相手を問い詰め、追い詰めていきながら、そこに自分の思想というものを表現していく。ソクラテス自身は、一行の原稿も書いていません。それでも哲学の祖といわれています。

表現の基本は対話、やりとりです。本当に大事だと思うから誰かに話す。ですから人としゃべることが表現の基本なのだと思う。今考えていることを、独り夜中にメモしたって、あまり面白くない。大きい意味での世界の教えというのは、ほとんどが誰かに対して語りかける問答、スピーチです。

ブッダは一行の文字も書かなかった。あれだけある経典が、すべて「如是我聞（にょぜがもん）」で始まります。つまりは「このように私は聞いた、こうおっしゃった」です。「おっしゃった」ということは、常にブッダはスピーチと対話をしていたということでしょう。相手に対して話しかけたことを、文字に起こして記録した。これが仏教の経典です。

「子曰く」で始まる『論語』もそうですね。「孔子先生は私どもに、こういうふうにおっしゃった」というわけです。

『聖書』というのは、イエス・キリストの言行録です。こういうことを問いかけたら、こういうふうに答えられた。その中にイエスの教えがある。

古来、優れた作品のもとはほとんどが問答であり、対話であると言っていい。

深山幽谷で沈思黙考し、独りで「そうなんだ」と道を見つける、書物として残されているから誤解されがちなのでしょうが、それは発言を第三者が聞いて書き留めたものが主なんですね。しゃべったことはその場で一瞬にして消えてしまう。周りの人がもったいないと思うから記憶し文字にして残すわけで、文字にするために話しているわけではないのです。

対談・対話は、表現の手法として、独りで机に向かって原稿を書く仕事より、さらに重要でオーソドックスなものだと、ぼくは勝手に考えています。ですから、対談だけは絶対大事にしていきたいという気持ちがあるんですね。

ぼくはかなりいろいろな世界の人たちと対談をさせてもらってきました。その対談に統一感がない（笑）というのが、取り柄だと思っているんですよ。

先日は井出英策（えいさく）さんという、慶應義塾大学の財政社会学の先生と対談をしました。かと思えばストリップ劇場のスターダンサーとも対談し、また鎌倉の円覚寺の管長さんともお話しししました。

またミック・ジャガーやキース・リチャーズ、モハメド・アリ、フランソワーズ・サガン、ジャンヌ・モロー、オペラ歌手のルチアーノ・パバロッティ、映画監督のフランシス・コッポラ、そして吟遊詩人ブラート・オクジャワとも対談を行っています。

カシアス・クレイことモハメド・アリとの対談は、特別なものがありました。これについては、のちに触れます。

テレビだったり、雑誌のインタビューだったり、生きた人間との対話はすべて面白い。外国の人と話すために通訳を間に入れても、なおあまりある面白さがあるのです。


自分がホストをつとめた対談連載も結構ありました。『真夜中対談』とか『ぶっつけ対談』などがそうですね。

『真夜中対談』は文字通り、深夜にやったものです。午前零時とかそんな時間から話しはじめる。また『ぶっつけ対談』は、何のアポイントも取らずに、いきなり町で会った知人、友人を捕まえて、そこで歩きながら話すというものです。

それから、詩人の松永伍一さんとの『紀行対談』というのも忘れ難いです。旅をしながら録音機を持って、これはああだね、こうだねと話し合う。キャバレーに行ったらキャバレーの歌を聞きながら、なんだかんだ話をするわけ。最後は温泉に行き、風呂の中で録音機を回しながら二人でしゃべりました。


対談集で特に印象深いのは、野坂昭如との『対論』です。「対論」というのは、ぼくが提案したタイトルなんだけれど、そのあと筑紫哲也さんが「ニュース23」で「五木さんの『対論』というあれ、使っていい？」と聞くので、「どうぞどうぞ」と言ったことがありました。

野坂昭如との本をつくった時は、「対談集なんてものはどんなに売れても一万五〇〇〇ぐらいが精一杯、普通は七〇〇〇〜八〇〇〇ぐらいのものですから」なんて版元は最初言っていた。そういう先入観にとらわれちゃダメなんだ、とぼくも野坂も断固として反対して、二人でプロレスのタッグマッチみたいにやろうじゃないか、と画策したのです。

「ここでもっと強調し、ここではこういうふうに相手を罵って、こう反応しよう」とか、相談しながら手を加え、ゲラを交換し、喧嘩（けんか）しながら作り上げた。面白かったですね。ですから『対論』としたわけ。一種の「対話ドラマ」です。

結果、四六版の単行本だけで三十六万部くらい売れ、文庫を入れるとすごい数になって、びっくりしました。おそらく対談集では記録じゃないでしょうか。

講演も大切な仕事ですけれど、講演はどちらかというと小説を書いたり、文章を書くのと似ています。講演が小説と違うのは、目の前に聴衆がいるということです。小説だと読者は遠いところにいるからね。

対談では目の前にいる人を説得し、相手とやりとりしながら話を進めていく。そこから生まれるものは格別です。今も月に二～三回はやっていますが、これから先も、口が動くあいだはできたらずっと続けていきたいと思っているんですが。

村上春樹×五木寛之

幻の対談

1983年

ジャズと映画の日々

五木　村上さんは、関西でしたね。
村上　親父が京都のお寺の息子で、おふくろが船場の商家の娘でして、それが一緒になったんですね。生まれたのは、たぶん京都の伏見あたりじゃないかと思うんですけど、すぐに阪神間のほうに移ってきまして、あとはずっとそのあたりで育っていますね。
五木　京都の男と大阪の女が一緒になって、しかも神戸に住んだりっていうのは、なんとなく面白いね。ちょっとずつ離れているけれども、まるで違った文化圏だし、それに歴史が違うでしょう。
　京都あたりは感覚が成熟しているから、相手が三か四言ったところで、九か十ぐらい、さっとわかるくらいでなければ、コミュニケーションが成立しないようなところがあるわけです。
村上　そうですね。

五木　ところが、九州あたりじゃ、十のことを二十言わないと話が通じないようなね（笑）。ずっと前に京都新聞が、京都で一番嫌われるタイプの人間というアンケートをやったんだ。そうしたら、竹を割ったような気性の人、それから、初対面ですぐにうちとけて、相手に腹の中まで見せる人、ずかずかと遠慮なく相手の中に踏み込んでくる人とか、あげてみると、みな九州のタイプなんだね、これが（笑）。最初は、これは住みにくいところに来たな、と思った。でも、距離をおいて、私、地方から来たお客さんですっていう顔で、分をわきまえて振舞っていると、非常によくあしらってくれるわけですよ、京都の人たちは。単に京都に住んでいるからというだけで、中へ踏み込んで、京都の人間と接触しようとか、京都の心に分け入っていこうなんていう野暮な気を起こすと、たいへんきついところのようです。

村上　ぼくも、ずっと向こうで暮らしてまして、早稲田に入るんで上京して……。

五木　あ、あなた、早稲田なの？　昔は、早稲田の人、初対面でもすぐわかったもんだけれどもね（笑）。

村上　それでやっぱり、カルチャー・ショックみたいなのがすごくありましたね。

五木　早稲田のどこの学部へ入ったんですか。

村上　ぼくは文学部の演劇科っていうとこなんですけど。

五木　ふーん。じゃ、まかり間違ったら、赤テントなんかやってたのか。

村上　いや、そういうわけでもないんです。映画が好きだったんで、シナリオのほうをやりたくて、演劇科に入ったんです。映画とか演劇とかいうのは、結局のところ共同作業で、なんのかのとやっているうちに、どうもこれは自分に向いてないいんじゃないかって気がして、やめちゃいましたね。

五木　早稲田の演劇っていうのは、面白い人、いっぱいいてね。でも、入学が昭和……。

村上　六八年ですから、昭和四十三年ですか。

五木　ぼくが二十七年。そのくらい離れてしまうと、共通のものって、まるでないんだよね。早稲田といっても。

村上　あんまり行かなかったんですよね（笑）。朝から晩まで、映画見て暮らしてました。

五木　いや、それはぼくらも行かなかったけれども（笑）。

ところで、ぼくは、以前に読者からハガキをもらったことがあってね。中央線沿線の何とかっていう喫茶店が好きで、そこに通っていたら、それがなくなっちゃって、自分の居所がなくなったような淋しい思いをしていた、と。あるときたまたま千駄ヶ谷で喫茶店に入ったら、その店は、絶対あの店の人がやっているというふうに思えた。それでいろいろ調べたら、村上さんがやっていた店だったということがわかって、とってもうれしかった、という。その読者の人の勘もいいけれども、そういうことがあるんだね。昔の、途中で消えちまった女に、偶然にほかで会ったようなもんだったんでしょう。

村上　店というのはね、閉店しちゃうのが楽しみなんですよね。

五木　ほう。

村上　はじめから、何年か経ったらもうやめちゃおうと思ってるわけです。ふた月くらい前に、二カ月後にやめますって言うわけですよね。それがね、わりに楽しみなんですよね（笑）。

五木　残酷な楽しみだな（笑）。

村上　というか、お客のほうもね、それを望んでるんじゃないかっていう気がするんですよね。結局、音楽にしても、その周辺のものにしても、どんどん変わっていきますし、変わるのが本当だと思うし、変わったものを見せられるよりは、なくしちゃったほうが本当の親切というもんじゃないか、という気がするんです。まあ、ぼくはわりに極端な考え方するほうかもしれないですけど。

五木　それはあるだろうな。ぼくらの学生時代のころにあって、いまなくなっちまった店を語るときのほうが、いまも残っている店のことを語るよりは熱があるものね。
村上　ぼくが始めたころは、ちょうどジャズ喫茶の大転換期だったんですよね。
五木　転換期っていうのは、どのあたりですか。
村上　いわゆる鑑賞音楽としてジャズを聴く時代が、ちょうど終わったときだったんです。ぼくが始めたのは四十七年ぐらいで、あとはもう、酒飲みながら聴くという感じの店に主流が移っちゃった時代だったんですよね。
五木　『キーヨ』なんかはどのへんに入るわけ？
村上　『キーヨ』は、本格的なジャズじゃないですか。ぼくは話で聞いたことしかないですけど。
五木　でも、結構、店の通路で踊ってたりしてたけれども。
村上　あ、そうですか（笑）。
五木　なんか黒人たちが酔っぱらったりしてね。ぼくらは、『キーヨ』なんかは、こんな新しいタイプのジャズ喫茶ができてきたんじゃや、もうわれわれの来るとこないな、という感じだった。
村上　ずいぶん違いますね。

「ハッピー」と「幸福」の違い

五木　今度の『羊をめぐる冒険』は、あなたにとっての第三作になるわけだけど、いかがですか、ご自分では。

村上　あれを書いちゃって、かなり楽になりました。最初の二作を書いたあとで、実は結構落ち込んじゃったんです。なんだか二、三カ月、本当に暗かったです。というのは、ぼくの最初の二作は、「他人に何かを語りたい」、「でも語れない」というギャップで成立していたようなところがあるんですけど、ふたつ書き終えたあとで、実はそうじゃないんじゃないか、という気がふとしたんですね。つまり、本当はもっと語れたんじゃないか、ということですね。で、三作目では、徹底してストーリー・テリングをやりたいと思ったわけなんです。それやって、本当にホッとしました。

五木　ストーリー・テリングっていう、そのへんを少し聞かせてほしいですね。ストーリー・テリングと物語とは違うっていうふうに、ぼくは思うんだけれども。

村上　最初の小説の場合、小説家になるつもりはまずなかったもので、ある面、非常に楽しみながら書いたんです。別に特にストーリーがなくても、その場その場でひとつの状況を選んで書いていって、それが集まって何枚かになって、小説らしきものになった。で、出してみようかということで、応募して、賞をとっちゃったわけなんです。

はじめ、都市小説と言われたわけなんですよね。でも、都市小説というのは何かということ自体がね、わからなかったし、そんなものがあるのかどうかということもわからなかった。まあ、そのあと、自分なりに、こういうのが都市小説じゃないかというのは整理しましたけれど。

五木　いわゆるシティ・ミュージックに対するシティ・ロマンとか、そういう意味なのかな、当節流行の……。マスコミのレッテルのつけ方っていうのは、要領がいいところもあり、ピントが狂っているところもあるから。

ただ、こういうことは言えるね。山川健一さんがこのあいだ、文学賞の候補になったときに、ある選考委員の方が、この作家はカタカナをたくさん使いすぎる、と。幸福とか幸せとかって言えばいいのに、なぜハッピーなどと言うのか、と語気鋭く追求されたんだよね（笑）。で、ぼくは、いや、ハッピーと幸福っていうのは違うんじゃないかって言ったんだけれども。ぼくは、物語とストーリー・テリングっていうのは違うんじゃないか、と。ハッピーと幸福も違うんだよね、やっぱり。
村上　違いますね（笑）。
五木　ハッピーとか、そういう言葉の背後には、六〇年代的ないろんなものをしょいこんでいる部分もあるし、ドラッグなんかとの関わりもあるかもしれないしね。昂揚する、という言葉と、ハイになる、という言葉は違うでしょう、全然。都市小説というのは、どちらかというと翻訳不可能な言葉が、中にたくさん入ってくる小説なんだと思う。あまり日本文学の伝統や技法なんてものを、意識しないところが本質なんで……。
村上　日常生活そのまま、意識を映していけば、なんか小説になっちゃったという感じはありますね。だから、一作目、二作目を書いても、自分が小説家という感じはなかったですね。ただ、それだけでいいのか、よくないんじゃないか、という気持ちはすごくあったんですよね。小説というのは、世界に対してもう少し親切であるべきじゃないかってことですね。ちょうど村上龍氏が『コインロッカー・ベイビーズ』を書いて、やはり同じようなことを考えていたんじゃないかと思いました。
五木　それはすごくラッキーですね。意識する作家が同世代にいるというのは、人間、ひとりじゃ何もできないような気がする。ぼくは、村上さんの小説を読んでいるうちに、この人はわりと東洋っぽいところがあるな、とふっと感じたんです。いくら横文字が出てきても、国籍不明みたいな街が出てきても——他力、という言葉があるんだけれども、大きな流れというか、動きというか、そういうものの中でね、書く、という言葉と、書かせられる、という言葉の狭間で仕事をしている意識がどこかにあるんだな、という気がしましたけれども。

言の世界と葉の世界

村上　物語ということなんですけど、結局、ぼくらの世代は物語れない、というコンプレックスがあったんですよね。というのは、ぼくらが高校時代、つまり五木さんと野坂さんが出てこられた時代……。

五木　高校時代か。情けないね、ほんとに（笑）。大学時代ってなら、まだしも。

村上　高校時代です（笑）。そういう世代の方の経験に対して、われわれの経験があまりにも貧弱である、という思いはあったんです。そのぶんだけ、物語のインパクトというか、そういうものがないであろうという気がしましてね。

五木　それはちょっとわかるような気がするね。自分の体験を書いちゃえば、それがおのずから物語になっちゃう、という世代があった。
村上　ええ。ぼくらの世代にはそれがないんですね。ところが、六九年、七〇年を過ぎて、いまの世代がわれわれの世代をそういうふうに見ちゃうわけですよね。
五木　『全学連』という本が売れたり、思い出の激動期六〇年、なんていう懐古的な本が出てきたりするのを読むとね、なにか、血湧き肉躍る六〇年代っていう感じがするでしょう（笑）。
村上　でもね、自分の立場になってみると、そんなことはないんですよね。
五木　新宿にフーテンっていうのがいましたね。あのころのことを懐古している話を読んだ学生が、おれたちは十年遅く生まれてきた、新宿がそんなに活気のあったころ、そんな時代に生まれたかったたって、しみじみ言っていたのを聞いて、なるほどな、と思ったことあったけれども。
村上　意外にそんなことはないんじゃないか、われわれ実際にやってみると、そんなたいしたことはなかったんじゃないか、という気はするんですよ。
五木　それは、ぼくたちだっておんなじですよ。兵隊に行った人がみんな何か書きゃ、小説や物語になるんじゃや、日本はもう五百万人ぐらいの作家がいることになるからね。

物語というものと、その人間の体験とは、一応きちんと切り離して考えなきゃいけない。

村上　ぼくがはじめのふたつの小説を書いて思ったことは、そういうことなんですよね。物語というのは、内在的なものであって、外的なダイナミズムに、どれだけ幅があるかというのは関係ないんじゃないか、という気がしたんです。われわれには書くことがないというんなら、その狭いレンジの中から、自分で物語をつくっていけばいいわけですよね。大きいレンジだから、いい物語が書けるとか、そういうことはないと思うわけです。それを、ふたつ目書いたあとで、なんとなく自分なりにわかったような気がしたんです。で、非常に気持ちよく話を書いてみよう、という気持ちになれた。そのとき、やっぱり小説書いてよかったなという気が、はじめてしたんですよ。

五木　私小説、あるいはそういう作品を書くことによって、自己救済されるタイプの作家というのがありましたね。それから、たとえば自己を解放するんだっていう説もあるよね。それに対して、あなたはちょっと違う意見を言っていたような気がするけれども。

村上　自己解放できるほどの言葉はないんじゃないか、という気がするんですよね。というのは、極端に言えば、六〇年代後期のアジ演説みたいなもの、あれが言葉としては正しくても、何も解放しなかった、ということはあるわけですよね。そういうものを見てきているから、言葉というのは、解放するよりは、かえって閉塞させるんじゃないか、という気がするんです。ただ、それを積み重ねることによって、その魔術というのは破れていくんじゃないか、積み重ねていけば、究極的には物語を語る、ということになるんじゃないかな、という気がしたんです。どうも、うまく言えなくて、申しわけないですけど。

五木　言葉というものに対する考え方が、日本の場合には、言の葉でしょう。コト、というのは誰かが書いていたけれども、事実とか行為ということになる。事を起こす、というコトですから。それの葉っぱだからね。葉っぱっていうのは、森があって、木があって、枝があって、その先の葉っぱであるわけだ。しょせん、日本の「言葉」という語に対する心の奥底にある無意識のものは、言葉は言葉にすぎない、という感じなんだ。本当の事をあらわしているのではなくて、事の影だという感じしかないわけですよ。

たとえば、中世の阿弥や歌人たちみたいに、片方で政治的なものすごく激烈な動きがあっても、自分はひとつの美の世界へ、現実と切り離されていられるという、言葉と行為が分けられる世界を信じられるわけで、物語ることは、行為するということと別の次元にあるという考えです。言葉の世界にいる限りは、片方の王国に生きられる。事の世界と葉の世界があり、事の世界の王者に対して葉の世界があり、事の世界の王者に対して葉の世界で自分が王者になれば、事の世界の王者の下に屈伏することはないんだ、と思えるわけです。

千利休は、茶という葉の王国をつくって、そこのゴッド・ファーザーになった。そうすれば豊臣秀吉に対して、事の世界では茶坊主として屈伏するけれども、いったん葉の世界に関しては、秀吉は彼の臣下なわけだ。でも、秀吉もばかじゃないから、こやつ、もうひとつの共和国をつくって、おれをないがしろにしおる、それなら葉の王国なんてものが、事の世界の影に過ぎないことを見せてやろう、というところで切腹を命じた。そこで利休が謝っていけば、彼は許しただろう。彼が自分の共和国を放棄して、事の世界に頭から全部入ってくれれば。だけれども、利休はそれを拒否して、葉の世界を腹を切ることで貫いたわけだから、そこでは五分と五分になっちゃったわけですけれどもね。

そういうふうに事の世界と、つまり行為の世界と葉の世界が分かれている社会で、物語を書くということは……たとえば十九世紀のロシア小説の場合、物語を書くっていうことは行為することなんで、シベリアへ流されたりする。いつかイギリスの評論家が日本へ来て、物語の復権ということが最近言われている、十八世紀的な小説、あるいはピカレスク・ロマン、そういったものの要素をわれわれはとり入れるべきだ、とか講演して、一瞬なるほどと思ったって、実は違うんだよね。それは違う。

村上さんの小説を読んでいて、どんなにそれがコスモポリタンの雰囲気があったとしても、やっぱり葉の世界の仕事をしている人なんだな、と。その意味では、ものすごく日本的な作家だ、という感じがしたのです。で、ぼくらはやっぱり、そういう日本的な中で、その日本的ということさえも意識せずに仕事をしていけば、おのずから事の世界に拮抗できる小説の世界っていうのができるんじゃないかな、という夢を持っているわけなんですが。

言と葉が分離しはじめたとき

村上　ぼくの場合、一番原体験の文章っていうのは、戦後憲法なんですよね。

ぼく、昭和二十四年生まれなんですけど、小学校入ったときに、先生が憲法を説明してくれるわけなんです。日本は非常に貧しい国である、国際的な地位も低いし、原料も産出しないし、工業もまだ低いし、平均収入もアメリカの何十分の一である、ただ、戦争放棄している、そういう国は日本しかない、というふうに説明してくれる。非常に感動するわけなんですね。それが言葉の最初なんです。それが言葉であって、それが社会だと思ったわけです。

五木　それはもう、基本的なヨーロッパの考え方ですよね、言葉は行為であるという。

村上　ええ。それ以外にありえない、分離はありえない、と思ったわけです。それが、齢とっていくにしたがって分離しはじめるわけです。

最初に気づく大きいきっかけというのは、六〇年の安保ですよね。そのときはテレビがあったんです。で、樺美智子さんの死んだとこが全部映って、それを見てるわけです。ぼくが小学校六年生ぐらいですね。そのときに、言葉と現実の分離というのをね、テレビの画面ではっきり感じたわけですよね。

五木　それはどういうふうにですか。

村上　戦争を放棄した、ということはない、基本的人権、そういうのも習ったけれども、違うんじゃないか、と思ったんですよね。事と葉の分離といういまのお話と少し違うかもしれないけど、分離の感覚というのは、そこからですよね。

五木　なるほど。それは、テレビが出てきた世代の、独自の感覚かもしれないね。

六〇年安保のとき、ラジオ関東（現・ラジオ日本）の報道マンが、「いま、私は殴られています！　警官が警棒をふりあげました！　わたしはその警棒で殴られています！」って、すごい中継して、一面おかしかったけど、また別な迫力あったたんだね（笑）。目で見えないから。テレビが出てきたことは、とても大きかったような気がするね。テレビには事と人の分離がないみたいな錯覚をあたえるマジックがあるから。

村上　お伺いしたいんですけど、五木さんの世代は、戦後憲法が後天的に入ってているわけですよね。

五木　そうです。

村上　あの文章に対しては、どういうふうな感じをお持ちになってましたか。

五木　言の葉だと思っていましたね。なぜかっていうと、その前に、軍人勅諭っていうのがあったり、教育勅語っていうのがあったりして、それはぼくらにとって、あなたのおっしゃったように、事であり、行為であったわけです。神州不滅であり、天皇は神であり、そしてわれわれはそのために死ぬ者であり……。ぼくらが、少国民のころ、十二、三歳くらいで憶えた軍人勅諭っていうのは、魂の記憶として刻まれて、もう絶対に抜けないんです。

いまでも、ぼくは、宴席で何かやれと言われると、手旗信号をやるんだけれども

（笑）。（両腕をあげて、かたちを変化させながら）これがイです。これがロです。これがハです。これがニです。これがホですね。こうやればトです。これがへ。海洋少年団で憶えさせられたんだ。

こういうふうに、体で結局、事を覚え込まされてしまったわけ。朝鮮銀行券っていうのを、ぼくら使っていた。紙幣というのは価値の実体だったんです。つまり、お金と価値とは一体だったわけね。それがあるとき、これは全部ただの紙だよって言われて、それでソ連軍の軍票というのを使わせられたわけですね、赤票、青票って言ったんだけれども。

そうなると、そういう憲法に対する観念よりも、もっと端的に、お金というものさえも、要するに影であるという発想になってしまったら、そういう世代の人間が、大藪春彦、生島治郎だとかって、みんなエンタテインメントのほうに行っちゃったというのは、ぼくはとてもわかるような気がするんですが。そのあとで新憲法を見せられても、これはもうね、嘘も方便という言葉があるけれども、如才なく、それと折りあってやっていくしかないという、そういう感じがありました。

村上　ああ、そうですか。

五木　頭から信用していないし、信用していないというのは、絶望して、がっかりしたとか、六全協で挫折して涙をのんだとかっていうんじゃなくて、ぼくらにとっては、六全協すらも、わりと、そんな驚くべきことではなかったし……。

エンタテインメントは垂手（すいしゅ）の文学

村上　結局、さっきの続きなんですけど、六〇年から七〇年のあいだの十年というのは、それをもう一度くっつけるという可能性を信じていたわけですよね。

だからこそ、六九年に向けていくわけですよね。テレビで樺美智子さんが死ぬのを見てて、もう一度、必ずくっつけられるはずだ、という気はあったわけです。そのあいだに高度成長があるわけなんですけど、そこでもね、ひとつ裏切られたんです。というのは、日本は貧乏な国だけれども、という前提がひっくりかえっちゃうわけですよね。貧乏でなくなっちゃうわけです。そのへんで、もう何がなんだかわかんなくなって、七〇年はどたばたという感じですね。

五木　高度成長っていうのは恐ろしい時代だったと思う。それはどんなことかって言うと、たとえばぼくらにとって、小説家は食えない商売だと思っていたから、ぼくはかみさんに、仕事を持てと言って、むりやりに職業を持たせたし、それから子供をつくりたがっていたのに、無理言ってつくらせなかったわけだし。そういう同世代の友だち、たくさんいます。ところが、考えてみたら、子供三人くらい養えたんだよね（笑）、そのあとの十年間の成長ぶりを見ると。

ぼくらにはやっぱり、これは仮の夢で、最初のころに思ったように、まわりは荒地で、女はガード下で客をひき、小説を書いている人間は食えなくて、梅割りとかメチル・アルコールなんか飲んでいて、というそこへ、ふっと、いつか戻るんじゃないか。いや、戻ってほしいって願望も、ちらっとあるんだよね（笑）。

村上　ぼくも、どちらかというと、日本は貧しい国だけれどという前提に、もう一度、戻ってくれれば楽なんだろうな、という気はありましたね。結局、高度成長のパイの分け前をほしくないというね、つっぱりがあったんですよね。六九年頃には。

五木　そうかもしれない。

村上　ぼくは、『羊をめぐる冒険』の中で、右翼的なものを出したんですけど、これもよくわからないですよね。いわゆる右翼農本主義に結びついちゃった新左翼崩れがいますよね。でも、それもぼくはわからないんです。『戒厳令の夜』を拝見していましたら、五木さんの場合は、万世一系の天皇以前の日本という中にいかれていますね。

五木　そうです。

村上　あれは、ぼくとしては素直に受け入れられるんですよね。

五木　もうひとつは、定住民ではない人間、一カ所にじっとしていない人間。木食(もくじき)上人なんて、俗に言われる人がいるでしょう。木食の徒というのもいるんだね。その木食の中には、まず百姓がつくる五穀を食べないということがひとつある。そのほかに、一カ所に永く住まないという、要するに、一生、遊行(ゆぎょう)して歩かなきゃいけない、というのがありますね。これは非常に面白いと思うんだ。日本という国はなんとか定住させよう、させようとしていく国で、非定住の民というのは、要するに、もうアウトサイダーだけれども、その民と定住の民とが、うまく折りあって生きてきたのが日本の歴史なんで、御料林とか、あるいは演習地とか、要塞とか、あるいは昭和二十七年に住民登録っていうのがあって、戸籍を持たない人がなくなっちゃったわけだ。何十万といた、戸籍を持たない遊行の徒というのが。ヨーロッパでも、ジプシーは駄目になるし。

　それから、さっきあなたのおっしゃった憲法に関して言えばね、このあいだ、ＮＨＫ教育テレビ（現・ＮＨＫＥテレ）でやってて面白かったんだけど、「不許葷酒(くんしゅ)入山門」というのがあるんだ。酒を飲んだ人は、お寺の門をくぐっちゃいけない、というやつ。木食上人といわれる人は、お酒を好きだったんだね。それで、あれを、許さずといえども葷酒山門に入るって読んで、入っちゃったらしい（笑）。絶対、ということのあるのがヨーロッパで、絶対ということがなくて、できるだけ、という言葉のあるのが日本なんだね。だから木食上人も、不許葷酒入山門、と書いてあるお寺に入っていくときは、許さずといえども葷酒山門に入る、とそういう言葉をつぶやきながら、にやっと笑って入っていく。

この、できるだけ、という言葉と、絶対、という言葉のあいだの距離は、ものすごい距離ですね。ぼくらは、できるだけ、という世界で生きているわけでしょう。その読み替えが可能な世界、絶対がない世界で小説をつくっていくときに、それを自分たちのマイナスとして考えずに、負の条件として考えずにいく方法はないかと思って考えたのが、ぼくのかつての、エンタテインメントという言葉だったわけですね。

エンタテインメントというかたちを、百人のうち九十九人は、それをエンタテインメントとしてだけ読んでしまう。その中のひとりかふたりは、ひょっとしたら、許さずといえども葷酒山門に入る、という読み方をしてくれる人がいるんじゃないか、と。

ぼくは六〇年代っていう時代に対する、自分の抵抗感なり、スターリン主義というものに対する自分の批判なりを、そういう気持ちで、葉の世界にひそかにメッセージしたいと思った。それをみんなが面白がって読んでくれればいい、変わった人は違った読み替えをやってくれればいい、と。それができるのは、葉の世界だからだというふうに、実は思っている。

日本の物語ということを、もしも言うとするならば、物語だとかメロドラマとか、あるいは活劇とか、そういうふうなかたちのものを使って、実はまったく違うものをつくりあげること、つまり、日本国憲法の読み替えを、逆の意味で逆転させて使うような、そういう有利さがきっとあるに違いない。そう思ったりするんですね。

ぼくが非常に好きな言葉でね、昔、大衆文芸と言ったのかな、その中には多少なりとも仏教的なことがあるわけでしょう。大衆（だいじゅ）という言い方もある。十牛図（じゅうぎゅうず）っていう絵があって、禅の真理を非常にわかりやすくイラストレーションで示したものなんだけれども、一番最後に悟りを開いた境地というのがあって、それにもうひとつ最後に「入鄽垂手（にってんすいしゅ）」というコピーがあるんですね。何かっていうと、垂手というのは手を垂れてる状態なんです。肩肘いからせるんじゃなくて、垂れてる。挙手でもなくて、手を下に垂れてる。そして入鄽というものの鄽というのは、市井（しせい）という言葉があるんだけれども、人びとの群れているところということです。市場とか群衆のいるところ、都会。

ほんとに禅なら禅の修行をして自分が悟りを開いた人間は、庵の中で自然と向きあってじっとしているというんじゃなくって、ほんとに空（くう）というものを実感した人間こそ、そこから里へ降りていって、そして街角とか、あるいはピンボールやってるとこでもいいや、そういうところとか、人びとの群れつどったところに降りていって、その人たちのもとで手を垂れて、その人たちと交わらなきゃいけない。それが宗教の最後の到達点だというふうに言われてるんですけれども、そこで垂手という言葉があるんですね。手を垂れている。上にあげた手は、イコノグラフィーでは〈慈〉なんだね。それに対して、下におろした手は〈悲〉の印言（いんごん）をあらわす。

たとえば、純文学が挙手の文学なら、いわゆる娯楽小説といわれるものは垂手の文学ではないか……文学という言葉もおかしいな、ジャンルじゃないか。片方は〈慈〉で、片方は〈悲〉なんですね。〈慈〉の中には明るさがあるけれども、〈悲〉の中には暗さがあるしね。それから〈悲〉の中にはメロドラマチックなところもあるし、通俗的なところもあるし。挙手っていうのは天を指している印でしょう。垂手っていうのは地を指している印ですよね。そんなもんだっていうふうに、ぼくはずっと思いつづけてきてる。村上さんはぼくの言ってることの……ぼくはうまく言えないけれども、言わんとする気持ちだけは、きっとコミュニケートできると思っているんだけれども。

つまり、両方あって、合わせて〈慈悲〉の言葉になると……。

作家巫女説

村上　五木さんが、いわゆるストーリー・テリング、物語とか使い古した言葉を武器として使うというのは、非常によくわかるんですよ。ぼくの意識としては、たとえばチャンドラーはアイドルですし。

五木　ぼくはいま、五十歳という齢のせいもあるかもしれませんけれども、ほんとに内発的な娯楽小説を書いてみたいという気があります。内側からつき動かされて……その内側というのは、ぼく個人という内側ではなくって、外側からくるいろんなテレパシィやそういう力。そういうものにつき動かされて書くということになったら、体が悪かろうが、手が痛かろうが、きっと仕事するだろうと。

村上　独立した物語が、内在的なものを揺るがすということはないわけですか。

五木　ぼくは作家巫女説ですからね。巫女っていうのはミディアムか。だから書かせるのは、一人ひとりの人間は全部ひとつの物語を持ってる。百万の人間がいれば、百万の物語がある。仮にここに一千万の読者がいれば、一千万の物語がある。だけど、その人たちはそれを自分の物語として語るにはあまりにも忙しいし、あまりにもいろんなことにとり囲まれている。そういう人たちの集合的なひとつの、月並みな言葉でいえば、無意識のうちにある物語、あるいはわれわれが何代もしょいこんできた神話的な世界みたいなもの、そういうものが作者を通過していって何かを書かせる。

自分の個性とか、自分の能力とか、自分の意志の力というのは、知れたものじゃないのか。個の力を超えたときに、人間は、自分でよくこんな作品が書けたなと思うような作品が書けるんで、作家はふりかえってみて、ああ、いまだったらこういう小説は書けないなあ、と思うような作品が、一つか二つはきっとあると思うんだよ。

それを、たとえばドストエフスキーは、デーモンがついたとき作家は、というふうなことで言ったけれども、ぼくはデーモンという言い方じゃなくて、個を超えたもの、よりしろ、ということを言いますね、神が伝わっておりてくるもの、自分の体がそのよりしろになってものを書ければ、と思うわけです。

つまりさっき言った、事の世界でない、葉の世界にいる人間が、葉という虚無の世界の中でどこまでとべるかというのは、自分の力じゃとべないね。ぼくは自分に力がないと思ってるし、昔の小説は、やっぱり六〇年代っていう時代が、ぼくをとばせてくれた、と思います。

村上　ぼくが最初に五木さんの作品を拝見したのは、『平凡パンチ』に出ていた『青年は荒野をめざす』だったんですけども、道具だてというか、そういうものが、風俗的に前衛的な感じがしたんですけど……。

五木　海外旅行がめずらしいころだったからなあ（笑）。

村上　最近は五木さん、だんだん日本的な風土というものに向かわれているような気がするんです。

五木　ええ。

村上　ぼく自身も、最初に書いたときは、アメリカのヴォネガットだとか、ブローティガンとか、チャンドラーとか、そういうものの手法をただ日本語に写し替えるというところから始まったんですけど、自分自身が非常に日本的なものに向かっているんじゃないか、という気持ちがものすごくあるんですよね。

五木　『風の歌を聴け』から今度の『羊をめぐる冒険』に至るまでの小説を見ていると、よく、これだけの短い期間でこんなに変わってきたな、と思うくらい変わってきてますよ。表には、そんなにはっきり見えないかもしれないけれども、作家の意識が変わってきているというのは、すごくよくわかります。

村上　その日本的なものが何か、というのはね、よくわからないんですけれどね。でも、何か自分が日本の固有のものを目指しているんじゃないかということは、ぼんやり感じるわけです。ただ日本的浪漫への回帰とか、そういうんじゃなくて、自分の体にまず同化したいというところが、いま、すごくあります。自分の体がじかに触れているものだけが本来のものであって、それ以外のものは、結局のところ幻想なんじゃないかっていうことですね。だから、ぼくは自分が手を触れることができるものに対しては、できる限り親切でありたいと思います。そして文章というのは、そういった一連の行為の帰結でありたいと思うんです。

五木　それはあなただけのことではないんじゃないかしら。たまたま一昨日、宮内勝典さんと会って、ぼくは今度インドへ行くものだから、いろいろインドの話を聞いていたんだけれども、彼なんか、そういうところは徹底しているね。ヒンドゥー教では人間の一生を四つに分けて、学問する、それから家をつくって、仕事に就いて、子供を育てて、いろいろ人生を考える時期、最後は遊行期っていうのね。子供や家族も捨てて、野たれ死するために、死場所を探して外に出ていくんだけれども……。彼は自分で子供をつくったけれども、最後には自分が野たれ死するために、家を捨ててもいい、とも言っていた。

いまの若い、これは作家といわず、ものを考えたり書いたりしている人たちの意識の中に、ぼくらのような、高度成長期にスタートした、その波の中をくぐってきた人間に見られない、こう、ある種の、深い反省があるんだな、と感じました。

村上　ぼくの場合は、子供が産めないですね。産んでいい、という確信がないんです。ぼくらの世代が生まれたのは、昭和二十三、四年なんですけど、戦争が終わって、世の中はよくなっていくんじゃないかという思いが、親の中にあったんじゃないかな、という気はするんですが、ぼくは、それだけの確信はまったくないですね。

五木　父親とか母親のことなんかを、語ったり考えたりすることをかたくなに拒絶しつづけてきたんだけれども、最近、少しずつそういうことを話せるようになったのは、自分のルーツや、アイデンティティや、一族再会ということを考えるんじゃなくて、そういうこととは違う感じで、つまり他人として見られるようになってきたからなんだね、完全に。

だから、父母のために念仏申さず云々という、自分は両親の供養のために一回も祈ったことなんかないっていう、あの親鸞の言葉なんかが、ぼくは非常によくわかるようになってきて、一日本人がたどった歴史として、父親の生涯を見られるようになってきた。最近、ときどき、そういう話もするんですけれども……。

母は四十四歳で死にましたから、自分が母親の齢を超えたときは、まずほっとした。父が五十六歳で亡くなっているから、あと六年頑張れば、父親を超えられるわけだ。そこまでは、やっぱりなんとしてでもね、生きたいな、と思っています。

（初出『小説現代』一九八三年二月号、講談社）

2　あそび（ギャンブル）について

一時期、千葉県の市川に住んでいたことがありました。北方町（ぼっけまち）というところで、中山競馬場まで歩いていける距離でした。そこに住んでいる間は、近いから、せっせと競馬場に通ったものです。

中山は中央競馬ですが、公営競馬の船橋にもよく行きましたね。競馬に行くのは一人です。ジャンパーを着て、鳥打ち帽なんかかぶってね。そんな感じです（笑）。

いまと違って、競馬場も当時は牧歌的でした。中山競馬場は春になると桜がいっぱい咲いて、うららかでのんびりしていた。観客も超満員じゃなかったし、いい気分転換になったものです。

当時ぼくは作品を応募したりはしていなかったのですが、勝手にぼちぼち書いていた頃でした。市川の図書館によく通ってね。永井荷風さんが市川に住んでいて、浅草に通うのに市川真間駅から乗っていた。現金袋を提げた姿を見て、「ああ、あれが永井荷風だ」と思ったことがあります。

ギャンブルといえば、麻雀だね。作家になって、同じ小説を書く仲間の中に、阿佐田哲也さんがいた。彼に誘われて麻雀をやるようになりました。その当時はいろいろな雑誌の主催で麻雀大会なんていうのがあって、とにかく麻雀をしない人はいないっていうぐらいだったんです。『麻雀放浪記』という作品が話題になったりね。

麻雀の席では純文学も大衆作家も関係なし。呉越同舟でやっていました。一緒になることの多いメンツは、吉行淳之介さん。阿川弘之さんなど、など。三好徹（みよしとおる）さん、漫画家の福地泡介（ふくちほうすけ）さん、黒鉄ヒロシさん、俳優の芦田伸介さんとか、いろんな人がいました。

ぼくは決して麻雀の上手な方でもないし、勝負師でもないんだけれど、麻雀を通じて、いろいろな世界の人と、人の生活のエリアを越えて付き合うことができた。これは本当に幸せなことでした。三日三晩、死ぬほどやる、徹夜でやったりしてね。

麻雀をどこでやっていたかというと、雀荘でやることもありましたが、ぼくらは、おおかた旅館でした。赤坂に「乃（の）なみ」という古くからある旅館があって、そこの座敷が多かった。行けば、いつも三組か四組、卓を囲んでいましたね。

あるとき、福地泡介さんと対談をした。ふつう対談は夕方から四谷の福田家とか、銀座だったらどことか、おおむね決まっているのですが、福地さんとは赤坂の「乃なみ」でした。時間はこちらの希望で夜中。指定された会場に行ったら、もう三十分待ってほしいと。福地先生、対局中でありました。

こちらも上機嫌で待つわけです。対談を早く切り上げ、向こうの対談料をそっくりもらってしまおうとの魂胆でね（笑）。対談をそこそこに終わらせて、別室でさっそく卓を囲んだら、ついに朝になってしまった。連載が三本もあって、本当はそんな余裕もなかったのに。

『日刊ゲンダイ』の連載「流されゆく日々」では、麻雀にまつわる話をいくつか書いています。


『週刊大衆』を読んでいたら福地泡介（ふくちほうすけ）名人が小生の麻雀のことについて麗筆をふるっておられる。よくもまあ、飽きもせず麻雀のことを書き続けるものだと、その根気に感心するが、一つ、気になる部分があった。

月森（つきもり）、北山（きたやま）、白木（しらき）の三氏と卓を囲んでいた時のことを福地さんは書いているのだが、その中で、こういう場面があった。

思い出して書こうとするけれども、くわしい状況は憶えていない。ここら辺が福地名人と、小生とのちがうところだ。彼は小生のうしろでぶつぶつ言いながらのぞいていただけなのに、すべてのディテールをくっきり頭の中に焼きつけてしまっていたらしい。

要するに三索（サンゾウ）だ。上家が月森氏で、下家が白木卓（たく）さん。対面に北山竜（りゅう）先生。それで月森さんがどうも高そうな手でテンパイしたらしいと感じた。待ちは索子（ソウズ）らしい。

そこへ、索子を引いてきた。えい、面倒なり、と叩き切る。何索（なんゾウ）だったかは憶えていない。

これが奇蹟的に通った。幸運であると天に感謝する。すれすれに通ったんじゃなかろうか。

ところが、再び索子を引いてきた。困って考える。さっきはラッキーに当たらなかったが、今回はどうか。

えい、さっき通っただけで幸運だったんだから欲はかくまい。本来なら前回の索子で当たっててもおかしくない状況なのだ。二度つづけて切って当たっても、それは当然というものである。なげくことも、ショックを受けることもない。上家（かみちゃ）が索子待ちと決まっているのに、そんなに重ねて幸運を期待するなんて人生に甘えている。

というわけで再び索子を切る。いささかも迷わない。

これが何と通ってしまった。大いに驚いて、本当に大丈夫？　なんて聞いたりしたくらいのもの。

ところが何たる皮肉か。三度目にまた索子を持ってきたのだ。

これは憶えている。三索のはずだ。なんでこんなに索子ばかり引いてくるのかわからないが、これが麻雀というものだろう。

で、それを押さえた。

これが、問題の部分である。福地名人は、この三索の押さえ方が不可解だとおっしゃっておられる。二度も無理を通しておきながら、なぜ三索を押さえたかが、ちょっと納得がいかぬ風情なのだ。

ここが名人と小生の人生経験のちがいであろう。だてに飯食って長生きしているわけではない。二度も幸運にめぐまれて、更にもう一度うまいことやろう、などというのは、あまりにも世間を甘く見ているのではないか。感謝する気持ちと、麻雀の流れに素直に従う姿勢があれば、ボタモチが三度落ちてくるなどとは考えないだろう。

私は手を崩して三索を押さえ、降りた。上家の待ちは、やはり三索だったから麻雀は面白い。

（『日刊ゲンダイ』一九七六年四月一日付）

麻雀はどうしようもなく面白い、というこんなコラムも書いています。

韓国の反体制知識人に呼びかけるパンフレットを読むと、その意志的な発言が身にこたえるところがある。だが困ったことに、その中の文章にこういう趣旨の一文があって、こちらとしては大弱り。

要するに、「君、麻雀をするなかれ」、という文章なのだ。今は民衆の運命が危機存亡の時である。こういう時点で韓国の知識人の中では麻雀などに熱中している人々が少なくないが、今はそういう時ではない。麻雀をやるような時間とエネルギーがあれば、もっと民衆の現状と世界の未来について勉強して明日の世界をきずくために努力すべきだ――といった意味の一文である。言われてみれば正にそのとおりであるから一言もない。これは韓国の話だから日本の知識人には関係ないよ、とうそぶいていられる話ではないので、なおさらである。

正論と言えば、正論である。それに反対する意見は持たない。日本とて民衆の存亡がかかった時代ではある。こういう時期には、麻雀などよりもっとやることはいくらでもあるだろう、と自分に言いきかせながら、麻雀をやる。

前に述べた文章の趣旨は正しい。その情熱もわかる。それでいながら麻雀をやめようという気になれないところが、人間の不思議さである。

「ああ、おれはなんて意志が弱いんだ！」

などと天をあおいで嘆息するわけでもない。それほど自分を責め、心にやましい思いを抱くくらいなら麻雀をやって面白いわけがない。自然とやめてしまうはずだ。

いろいろ考えながらも麻雀をやるのは、それが面白いからだ。面白いということは、心の底ではそれを肯定していることである。

つまり小生としては、民衆国家存亡の危機に立ちいたってさえも、やはり遊びにうつつをぬかすことを全面的に批判する気はないらしいのだ。
小生がすでに青年の情熱を失った人間の燃えかすだからだろうか。それとも、どんな時にも遊びを忘れない遊び人間だからであろうか。
少なくとも私には、遊びと真剣な生き方とは、両立しないものだという具合には考えられないらしい。麻雀にうつつを抜かして生きることも、これ一つの人生という気がするのは、自分が鈍感なだけとは思わないのである。

（略）

（同、一九七六年四月七日付）

そんなわけで、昨日も麻雀をやり、夜を打ちあかし、最終回は大負けに負けてあがれず。でも面白かった！　などと書いている。
しかし、ある時期から結局やらなくなった。仲間が死んだり、引退したり、隠居したりしたものですから。麻雀っていうのは、やっぱり仲間がいなくちゃダメです。麻雀好きの親しい人がいるから、一緒にやるんですね。

阿佐田哲也（色川武大）麻雀エッセイ

1977年

へんな交友

（一九七七年）

会うと、お互いなんとなく照れて、えへへ、と笑って、それでもう言葉はいらない――。色川武大

私たちはへんな関係で、お互い小説の世界に属しながら、文学を語ったことなどほとんどない。二人でさしで呑んだこともないし、連れだって女を買いに行ったこともない。お互いの配偶者は存じているが、住み家を来訪したりはしない。おそらく電話で話したことも一度もないのではないか。

では、どういうことでつながっているかというと、麻雀である。知り合った当初は雀友ではなく、もっとありきたりの小説仲間という感じだったが、特にここ数年は麻雀を抜きにしては成立しない。

会えば、すぐ麻雀である。そういう関係の常として、半年も会わないかと思えば、三日とあげず行きあうときもある。会うと、お互いなんとなく照れて、えへへ、と笑って、それでもう言葉はいらない。

五木寛之と畑正憲の関係がやはりそうで、五木がいつかこういったことがある。

「仕事や実生活の関係一切抜き、遊びの場でしか会わない間柄って、不思議にさわやかな関係だな。僕、こういうの好きですよ。願わくば、最後までこのさわやかさを保ちたいですな」

もっとも麻雀しているからといって、一心不乱に修羅場を演じているわけではない。我々のはサロン麻雀で、牌をいじっているのは、駄べりに行くのが目的である喫茶店でのコーヒーに当る。

仕事でのストレス、個人作業からくる人恋しさ、そういうものの一方を退治し、一方を満たすために出かけてくる。あとはナンセンスな気分に浸っていればいいので、勝負ごとそのものがほぼ完全なナンセンスといえる。完全なナンセンスほど憂さを払うに適切なものはない。

五木寛之の麻雀は特にその気分が濃い。おそらく激烈な日常なのであろう。そこでへとへとになって、ようやく麻雀の場に泳ぎつく感じだから、勝負ごとの中にも含まれる人生的な要素などまっぴらということになる。

したがって彼の麻雀は、勘打ちである。勘以外のものを使わない。セオリーなどという科学的なものはわざと無視する。

両面の待ちで、当り牌が七枚も場に捨てられており、隠れているのは一枚のみ、というようなところでリーチをかける。しかもその一枚を一発でツモったりするのである。

配牌にあるメンツをあくまで変えずに最後までそれで待つ、という決心をしたために、ポンカスの上に場にもう一枚出ているカンチャン待ちでカラテンリーチをかけたことすらある。

しかし、それでいてけっして弱くない。通称を裏ドラ流といって、

「あ、ツモった。三アンコ、トイトイ、リーチ、ツモ、――おやァ、裏ドラが三丁、これ何飜ですか」

「四アンコじゃないの」

「そうか、四アンコだ。しかし四アンコはつまらないなア、裏ドラが算えられない」

こういう騒ぎは毎度のことで、彼がアガると、裏ドラがきっとかたまってある。強運の持主なのであろう。

だから、四人でやってはいるけれど、彼のは本質的には一人遊びの麻雀である。一人で自分の生命力の強さをたしかめて悦に入っているところがある。（以下略）

（初出『別冊ポエム 五木寛之』すばる書房、一九七七年）

3　歌・作詞について

ぼくは本質的に、声とか音が大事だと思っています。

昔大学で、ブブノワさんというロシア語の先生から「詩は目で読んじゃいけない。声に出さなきゃいけない、声に出してそれを耳から聞くというのが、詩のあり方」と徹底的に教えられました。ロシアの詩集の表紙にも「詩は読むべきにあらず　歌うべし」とあった。声に出して節をつけ、ウダレーニェ（アクセント）をつけて朗誦しなければ、詩ではない、と。押韻とか脚韻とか、耳に響く音律の美しさに、詩の詩たる所以（ゆえん）があるんだと。

作家の井上靖さんは詩人でもありました。あるとき、日本文学研究家のイギリス人が、井上さんの詩を読んで、「これは散文ですか？」と聞いた。井上さんは答えて「いや詩です。自由詩です」と言ったところ、「どういう頭韻と脚韻があるんですか？」と尋ねたそうです。韻を踏み、形式があって詩なんですね。それは中国の漢詩も同じです。それこそいろんな法則があり、マスターするだけでも大変です。なぜなら詩は声に出すことが不可欠だから。字で読むだけであれば、韻も形式も関係ない。詩の内容を記録して後世の人が「これはいい詩だな」とか思うものだけが、優れたものではないのです。その場で声に出して人びとの心を感動させるのが、いい歌なんですね。

外国では詩人がすごく尊敬されています。ブレジネフの後、ソ連の書記長になったアンドロポフという政治家がいました。あるとき、彼は車の中で、反体制的詩人ヴィソツキーの詩を声に出しながら涙を流した、というエピソードがあります。ロシアという国は、一国の長からホームレスにいたるまで、詩をこよなく愛する気風がある。詩は文学の王様、すべてのものがそこから始まるというのですね。プーシキンをはじめ、レールモントフとか、エセーニン、チュッチェフ、フェートなど、詩人はその世界の花、ロシア人の尊敬の的です。

詩人はアーティストではありますが、知的で観念的な存在ではない。知り合いにアフガニスタンのゲリラと行動を共にしていた友人がいて、帰ってきたときいろいろ話を聞きました。その中でこんなことを伝えてくれた。

あるとき、カラシニコフを抱えたゲリラとともに峡谷に身を潜め、三日間野営をした。ろくにものも食べていない、そんな晩、月が出て焚き火を囲んでいたら、一人が立ち上がり、アフガニスタンの古い詩を朗読しはじめた。するとみんながそれに声をつけ、リフレインのところは声を合わせ、夜を徹し、朗々と明け方まで詩を歌ったというのです。

彼らは字も読めない人たちです。識字率世界一の日本の対極にあるような彼らが、詩を歌う。いかに詩が人の心を鼓舞するか、詩人の仕事がいかに大事であるか、痛切に感じた、と彼は言っていました。そしてアフガニスタンの優れた詩人の詩を、誰もが知っている、それだけでなく暗唱していることにも驚いた。それに比べ、日本人の「識詩率」のなんと低いことか、と。

本居宣長は歌の発生について『石上私淑言（いそのかみのささめごと）』という本の中で、人が悲しいと思う時には、悲しい悲しいと声に出して言え、そして丘の上に立って「ああ悲しい」と叫びもせよ。それが歌になるんだ、と言っています。歌は叫びであり、囁き（ささや）であり、嘆きの声であり、自分を励ます声であり、すばらしい景色を見ての感動の声であると。メロディーがあり、それを聞く人の心に共振する、それが詩なのです。

ぼく自身、敗戦国民としてソ連軍の占領下、鬱々と避難生活を送っていた時、みんなでよく歌を歌ったものです。夜になると集まってきて歌った。どういう歌かというと、ほとんど戦前の昭和歌謡です。「山の淋（さみ）しい　湖に〜」の「湖畔の宿」のようなセンチメンタルな歌を歌う。歌うと、最も困難な極限状態の中で勇気づけられるのです。悲しい歌は、ただセンチメンタルな気持ちに浸らせるだけじゃない。悲しんでいる人間は悲しい歌を歌いたい、歌うことによって自分を励ますんです。それを、民族音楽学者であり日本音楽の再発見者小泉文夫さんは、「相対化する」と言っていました。

そんなふうに歌によって励まされ、抑留生活を何年間か耐えたという記憶があるので、歌は人間の魂の食べ物だ、という感覚がぼくにはあるんですね。

斎藤茂吉の『万葉秀歌』を岩波新書でよく読んだものでしたが、本来は読んではいけないのです。机の上に本を広げて読むのではなく、声に出して歌うのが『万葉集』の「読み方」でしょう。

天皇が死ぬと、「ああ、帝がお亡くなりになった」と葬列の先頭をゆく桂冠詩人が、髪を振り乱し大声で叫びながら道を往く。すると、道を取り囲んでいる民たちが、天も地も裂けよ、帝がお亡くなりになった、なんと悲しいことだろう、という叫びをきいて、みんなが泣く。これが挽歌です。

相聞歌（そうもんか）なんてものは、いまでいう合コンみたいな時に、男性が女性の耳にそっと、吐息とともに語りかけ、それに対して女性がイエスとかノーとか、しばらく待って、とか（笑）、何かのかたちで答える。あるいはそういう場面を想像して詠んだ歌ですね。

『万葉集』にはその場で即座に詠んだ歌がたくさんあります。その響きを耳で聞き、口にのせて気持ちいいというのが名歌です。それができる人を優れた歌人といった。当時どんなメロディーがついていたのかわかりませんが、棒読みじゃない、節回しがあった。だから声に出し、耳で聞くのが大事です。机の上で黙読するというのは、歌の死骸を見ているようなもので、まったく『万葉集』を読んだことになりません。

お経はもともと偈（げ）です。偈とは歌。節がついていてメロディーにのせるのです。ですからお経は読むのではなく、歌わなければいけない。南無阿弥陀仏、南無阿弥陀仏と歌うんです。常行堂（じょうぎょうどう）で七日七晩、念仏を唱えながら、ぐるぐる回り歩く。三部合唱になったりフーガになったり、複雑な譜面が残っています。

ブッダが折に触れ、いろいろなことを話す。それは説教ではなく問答です。非常にフレンドリーな世界なのですね。それを聞いた連中が、夜集まって、ブッダは今日、こういうことについてこういう風におっしゃった、いやそうじゃない、あれは皮肉な笑みを浮かべていたから反語に違いないとか、いろいろ討論する。言った言葉が決まったら、それを暗記する。暗記しやすいように、リズムをもった詩の形に変えるんわけですね。

です。歌にすると簡単に暗記できます。それにメロディーをつけ、町に出て布教する

人が集まる市場などに五〜六人一組で行く。町は賑やかで、彼らが来ても誰も振り返りません。あっちでは曲芸をやり、こっちでは物売りの声がかしましい。そういう中で、注目させるために、まずはボワーッと法螺貝（ほらがい）を吹き鳴らす。そして、法鼓（ほうく）を打つ。つまりドラムを叩くわけです。すると、みんながナンだナンだと集まってくる。そこで彼らは一斉に踊りながら、コーラスのようにブッダが語った教えを、自分たちでポエムにしたものを大声で歌いはじめるんです。それを人びとが聴く。そのうち繰り返しのところを、人びとも覚えて、手を打ち、合わせて歌うようになる。原始経典とは、そういうものです。

比叡山で親鸞は何をしていたかというと、本も読むが、歌の修行もしていた。本だけを読んでいたわけではありません。親鸞をぼくが尊敬するのは、八十を過ぎて大きな仕事をしたことです。六十過ぎて『教行信証（きょうぎょうしんしょう）』という書物を完成させたり、多くの書簡や文章を書いたりもしていますが、八十を過ぎてから、何百という和讃を書いたんですね。つまり歌を書いた。日本の宗教家の中で、親鸞はユニークな作詞家でもありました。

その彼が採用したスタイルが、今様です。今様は、平安時代の中頃から鎌倉時代にかけて、親鸞が子どもの頃に大流行していた歌の形です。いってみれば巷の歌謡曲、昭和歌謡のようなものです。その今様はどこから生まれてきたかというと、遊女、白拍子の世界からだった。当時の風俗営業の人たちの間から、ボウフラのように生まれてきた歌です。それがもう大変な流行りようだった。道行く人で、今様を口ずさみ首を振り振り歩かぬ者はなし、といわれたぐらい。やがて宮廷や貴族といった上流の人たちの間にも広がり、手を加え洗練され、いわゆる名歌というものも生まれてくるのです。

「遊びをせんとや生まれけむ、戯れせんとや生まれけん、遊ぶ子どもの声きけば、わが身さへこそゆるがるれ」

これなんかも今様の一つです。後白河法皇という人が、こんないい歌がつぎつぎに消えていくのはもったいないというので集めて記録したのが『梁塵秘抄』です。大半は焼けたり水浸しになったりして消えたが、何百かは残っている。

今様にはメロディーがあって、七五調が多い。漢詩の朗誦なんかをしていたそれまでの歌に対しての今様です。今風、つまり現代風ということだから、ニューミュージックですね。そこから和讃が生まれ、称名が生まれ、いろいろな日本の歌謡曲の流れにまでつながるわけです。

　だから調子が大事です。声に出してこその七五調なんです。

「仏は常にいませども、現ならぬぞあはれなる、人の音せぬ暁に、ほのかに夢に見えたまふ」なんていうのは今でも知られる今様です。これは七五調ですね。島崎藤村の「まだあげ初めし前髪の　林檎のもとに見えしとき」とかの歌もそうです。都はるみの「着てはもらえぬセーターを　寒さこらえて編んでます」なんていうのも七五調。

　平安時代から現代の阿久悠の歌謡曲まで、メロディーとリズムには、共通のものが流れている。何千年の歴史がそこにある。これはほんとうに面白い。

　ただし、それらの歌はすぐに消えていく。消えるところに流行歌の生命があります。当時の誰もが口ずさんだ歌の大半も消えていきました。

　例えば今様のなかには息子が博打をしてどうしようもないという嘆きの歌や宗教的な歌もいっぱいあるが、いまや誰も知りません。

　歌は時代を反映します。消えるところに流行歌の命がある。その時代にあったものがその場で出てくることが大事なんですね。

　昔、「こんな女に誰がした」なんて歌があったでしょう。戦後は、良家の子女が「パンパン」などといわれるような娼婦になって街に立っていた。時代の悲痛な叫びが、あの流行歌の中に反映されている。流行りすたりがあってこそ流行歌なので、永遠の古典なんて呼ばれるような流行歌があるとすれば、それは流行歌としてはあまりいいものじゃありません。

歌は世につれ、世は歌につれ。我々にとっての懐メロと、若い人にとっての懐メロはまったく意味が違います。

いつぞや大橋寿々子（すずこ）さんという方から「主人の生前はお世話になりました」との挨拶状をいただきました。故・大橋巨泉さんの夫人でした。

ぼくがクラウンレコードの専属作詞家をしていたときに、女性誌主催のミス・ティーンという全国的美少女コンテストがあって、そこで優勝したのが寿々子さんだった。当時はたしか浅野寿々子という名前でしたが、歌手デビューして、一曲目をぼくが書いたのです。「こころの瞳」という歌でした。十六歳くらいのすごく可愛い女の子で、背が高くて人柄のいい素敵な少女でしたが、歌手として活躍中に巨泉さんと結婚したんですね。

女房の先生ならぼくにとっても先生だと、巨泉さんまでもがぼくのことを先生、先生と呼ぶので弱りました。

当時ぼくはレコード会社で「学芸」というところに所属していました。学芸はフォークソングとか童謡、クラシックなどのセクションです。その当時専属というのは大変な肩書きで、それだけでも地方であれば食っていけるほどだったんですよ。

そういえば、ぼくは二〇一五年の第五十七回日本レコード大賞で功労賞をもらいました。レコード業界に対して長年多大の業績を残し、レコード業界の地位向上のために貢献されました、ということで恐縮しました。

近年、阿久悠さん、吉岡治さん、ぼくと同年の船村徹さん、先輩の星野哲郎さんといった昭和歌謡の大物が亡くなり、もう歌謡曲はなくなるんじゃないかと思ってしまいます。ＮＨＫの紅白歌合戦を見ていると、昭和歌謡を締め出そうと一生懸命ですね（笑）。高齢者も見ているんだから、半分くらい歌謡曲を入れればいいのに、と思います。

これからも歌を書く仕事はずっと続けたいと思っています。先日、谷村新司さんの「Keep On!」という歌を書きましたし、コーラス・グループBaby Boo（ベイビー・ブー）の歌を書きました。二〇一八年に書いたのは「ラジオ深夜便」の「深夜便のうた」で、「東京タワー」という歌です。もろ昭和歌謡です。歌い手がミッツ・マングローブさん。

これからも機会があれば新しい歌に挑戦しようと思っているんですが。

五木寛之
作詞collection

1968–2018年

2004年「あーうんの子守歌」

作詞 五木寛之、作曲 三善 晃　歌 舫（もやい）の会

あこがれを抱きしめ
独りで旅にでる
本当の自分に　出会うため
はるばる遠い町
歩いてみたけれど
こころは　どこにも　見えません
あの石段の　むこうには
幾千年の　星の世界が
幾万年の　愛の世界が
あるのでしょうか　阿—吽

西の空　夕焼け
流れる鐘の音
忘れた　むかしの　子守歌
あなたの　ほほえみに
いつかは出会えると
信じて　両手を　合わせます
あの水煙の　むこうには
幾千年の　時の世界が
幾万年の　夢の世界が
あるのでしょうか　阿—吽

あなたに会いたくて
ここまで　きたのです

あなたに会いたくて
ここまで　きたのです

1978年「燃える秋」

作詞 五木寛之、作曲 武満 徹、編曲 田辺信一　歌 ハイ・ファイ・セットほか

燃える　秋
揺れる　愛のこころ
ひとは　出逢い
ともに　生きてゆく
燃える秋
消える　愛の蜃気楼（ミラージュ）
ひとは　別れ
遠い　旅に出る

Oh, Glowing Autumn
and Glowing Love
Oh, Glowing Love
In my Heart. La La Lu…
Glowing Love
In my Heart

燃える　秋
空は　ペルシャンブルー
ひとは　夢み
詩（うた）は　風に消え

夏は　逝（ゆ）き
めぐる　愛の季節
ひとは　信じ
明日を　生きてゆく

Oh, Glowing Autumn
and Glowing Love
Oh, Glowing Love
In my Heart. La La Lu…
Glowing Love
In my Heart

2001年 「大河の一滴」(*A Drop of Water*)

作詞 五木寛之、作曲 加古 隆、編曲 若草 恵　歌 五木ひろしほか

人はみな　世界に
ただ　ひとつの生命(いのち)を
抱きしめて　流れゆく
遠い海の　かなたへ

A Life is like a River
Flowing down to
far Oceans,
A Drop of Water
in the Mighty River

人はみな　世界に
ただ　ひとりの　旅びと
その　いのち　大河の
一滴の　水にも

人はみな　こころに
哀しみを　隠して
ほほえみを　かわしあう
恋びとの　ように

A Life is like a River
Flowing down to
far Oceans,
A Drop of Water
in the Mighty River

あなたの愛　ふたりの夢
現在(いま)を生きてる　私たち
いつかは終る　人生だけど
明日を信じて　生きる

人はみな　世界に
ただ　ひとりの　旅びと
その　いのち　大河の
一滴の　水にも

1968年「青年は荒野をめざす」

作詞 五木寛之、作曲 加藤和彦、編曲 川口 真
歌 ザ・フォーク・クルセダーズほか

ひとりで行くんだ
幸せに背を向けて
さらば恋人よ
なつかしい歌よ友よ
いま青春の河を越え
青年は青年は　荒野をめざす

もうすぐ夜明けだ
出発の時がきた
さらばふるさと
想い出の山よ河よ
いま朝焼けの丘を越え
青年は青年は　荒野をめざす

みんなで行くんだ
苦しみを分けあって
さらば春の日よ
ちっぽけな夢よ明日よ
いま夕焼けの谷を越え
青年は青年は　荒野をめざす

ひとりで行くんだ
幸せに背を向けて
さらば恋人よ
なつかしい歌よ友よ
いま青春の河を越え
青年は青年は　荒野をめざす

1979年 「愛の水中花」

作詞 五木寛之、作曲・編曲 小松原まさし　歌 松坂慶子

これも愛　あれも愛　たぶん愛　きっと愛

だって淋しいものよ　泣けないなんて
そっと涙でほほを　濡らしてみたいわ
ひとりぼっちの部屋のベッドの上で
ちょっとブルーな恋の　夢を見ている
乾いたこの花に　水をあたえてください
金色のレモンひとつ
胸にしぼってください
わたしは愛の水中花
これも愛　あれも愛　たぶん愛　きっと愛

だって悲しいものよ　酔えないなんて
そっとあなたの胸に　あまえてみたいの
そうよ人生なんて　ドラマじゃないわ
だから今夜はせめて　夢を見たいの
乾いたこの花に　水をあたえてください
バラ色のワイングラス
胸にそそいでください
わたしは愛の水中花
これも愛 あれも愛　たぶん愛　きっと愛

1977年「旅の終りに」

作詞 立原 岬(五木寛之)、作曲・編曲 菊池俊輔　歌 冠 二郎ほか

流れ流れて　さすらう旅は
きょうは函館
あしたは釧路
希望も恋も　忘れた俺の
肩につめたい　夜の雨

春にそむいて
世間にすねて
ひとり行くのも
男のこころ
誰にわかって
ほしくはないが
なぜかさみしい　秋もある

旅の終りに　みつけた夢は
北の港の　ちいさな酒場
暗い灯影に
肩寄せあって
歌う故郷の　子守唄

1969年 「鳩のいない村」

作詞 五木寛之、作曲 木下忠司　歌 藤野ひろ子

鳩のいない　小さな村
ひとりぼっちの　寂しい村
だれもいない　小さな村
たたかいが　通り過ぎていった村

鳩はなぜ　逃げて行ったの
人はなぜ　村を焼いたの
鳩のいない　青空だけが
悲しいほど　悲しいほど
青くひろがる　青くひろがる

鳩のいない　小さな村
ひとりぼっちの　寂しい村
だれもいない　小さな村
たたかいが　通り過ぎていった村

鳩はなぜ　死んでいったの
人はなぜ　花を散らすの
鳩のいない　広場のすみに
名前のない　名前のない
墓をつくろう　墓をつくろう

いつになったら　平和な村に
いつになったら　鳩は帰るの
帰ってくるの

1979年　「Indian summer」

作詞 五木寛之、作曲 いまなりあきよし　歌 旅びと／麻倉未稀ほか

ひとりでいるときの　さびしさよりも
ふたりでいるときの　孤独のほうが　くるしい
肩を並べて　海を見ている　ぼくらの姿は
きっと愛しあう恋人らしく見えるだろう
だけど今はもう　何も話すこともなく
思い出は色あせた　古い映画のようで
ふたりはただ　ぼんやり坐っているだけ

Indian summer　澄んだ陽(ひ)ざしの中に
Indian summer　遠い景色の中に

だまっているときの　せつなさよりも
はしゃいでいるときの　笑顔のほうが　むなしい
テニスコートで　球(ボール)を追ってる　ぼくらの動きは
たぶん仲のいい恋人らしく見えるだろう
だけどきみはもう　ぼくを忘れてしまった
これからは別々に　ちがう世界でくらす
ふたりはただ　陽気に笑っているだけ

Indian summer　澄んだ陽(ひ)ざしの中に
Indian summer　遠い景色の中に
Oh Indian Summer(くりかえし)

2010年「夜明けのメロディー」

作詞 五木寛之、作曲 弦 哲也、編曲 若草 恵　歌 ペギー葉山ほか

朝の光が　さしこむ前に
目覚めて
孤独な　時間が過ぎる
あの友は　あの夢は
今はいずこに

還(かえ)らぬ季節は　もう
忘れてしまえばいい
すてきな思い出だけ
大事にしましょう
そっと　口ずさむのは
夜明けのメロディー

花のいのちは　みじかいけれど
重ねた　歳月(としつき)
背中に重い
歓びも　悲しみも　みんな人生
愛して　別れて　また
どこかで逢えればいい
ちいさな幸せでも
大事にしましょう
そっと　口ずさむのは
夜明けのメロディー

還(かえ)らぬ季節は　もう
忘れてしまえばいい
すてきな思い出だけ
大事にしましょう
そっと　口ずさむのは
夜明けのメロディー

そっと　口ずさむのは
夜明けのメロディー
夜明けのメロディー

1979年 「思い出の映画館」

作詞 五木寛之、作曲 梅原 晃　歌 旅びと

酒また煙草また女、ほかに学びしこともなし――と、昔の詩人は歌ったが、ぼくらの青春は、歌また映画またバイト、ほかに学びしこともなし――と、いった青春だったような気がする。
10円玉を3枚にぎりしめ熱心に通った新宿の映画館、日活名画座も今はもうない。あれはたしかにぼくらの幻の共和国だった。

むかしこの街に　ちいさな
映画館があった
デパートの向いのビルの
てっぺんの四階
エレベーターもなく
長い階段をえっちらのぼる
せまいスクリーン　低い天井
おんぼろの椅子と　煙草のけむり
やっているのは古い映画ばかり

だけどそこには
いろんな夢があった
今はないあの映画館
思い出の共和国

たまの休みには　ひとりで
「海の牙」を見にゆく
「サード・マン」「夏の嵐」に
「天井桟敷（さじき）の人々」
「自転車泥棒」
「年上の女」は　あのひとと見た
「灰とダイヤモンド」「地下水道」
「戦争は終った」「自由を我等に」
いつも立ち見で　かなり疲れて帰る

だけどそこには
いろんな夢があった
今はないあの映画館
思い出の共和国
だけどそこには
いろんな夢があった
今はないあの映画館
思い出の共和国

1979年「おれはしみじみ馬鹿だった」

作詞 五木寛之、作曲 菊池俊輔、編曲 湯野カオル　歌 小島武夫

おれはあんたが　好きだった
嘘じゃないんだ　本当だぜ
好きでいながら　どうしてあんな
事をしたのと聞かれても
うまく言えない　言うのもいやだ
雨に煙草の　火も消えて
おれはしみじみ馬鹿だった

遊び仲間と出会っても
顔をそむける夜の街
今も好きなら　あたしがわびて
あげましょうかと　言われても
とても会えない　会うのがつらい
好きでいながら　遠いひと
おれはしみじみ馬鹿だった

こんなおれでも　もう一度
やってみる気で　生きている
もしも帰ってくる気になって
電話一本くれたなら
どこへいようと　迎えに行くぜ
どじな男のひとりごと
おれはしみじみ馬鹿だった

2018年「東京タワー」

作詞 五木寛之、作曲 立原 岬、編曲 兼松 衆　歌 ミッツ・マングローブ

小雨ふる　麻布台から芝公園へ
濡れながら　ふたり歩いた
夜の街角
つらいけど
これを最後にするしかないと
おたがいに　思いながらも
熱い指先

見上げる空に　東京タワー
赤く　赤く　燃えるよ

寒いわたしの心　あたためて
愛の灯りを　東京タワー

ビルの陰
愛宕通りを日比谷へむけて
うつむいて　ひとり歩いた
風の街角
別れても
つよく生きると約束したが
はじめから
それは無理だと予感していた

ふりむく空に　東京タワー
高く　高く　輝く

つらいわたしの心　なぐさめて
恋の炎を　東京タワー

見上げる空に　東京タワー
赤く　赤く　燃えるよ

寒いわたしの心　あたためて
愛の灯りを　東京タワー
愛の灯りを　東京タワー

4 解説について

文庫を出したときに、出版社の方から「解説をどなたに？」と言われると、非常に困りますね。というのは、自分が解説を書く側になると大変なことだからです。

最近ではそれが非常にカジュアルになってきて、ミステリーの場合には仲間同士の付き合いの中で、そういう日常のプロフィールみたいなものをサラサラと書いて済ませる。そういうこともありますが、そうでない場合はなかなか難しいものです。

文庫の解説というのは、文芸評論よりはるかに大変だと思いますね。なぜかというと、文芸評論は、作品の優れたところや欠点を的確に指摘すればいいわけですが、文庫や単行本の解説というのは、いわば音楽でいう伴奏みたいなものなんですから。読む人が、その解説を読むことで、いっそう趣が深くなり感動が増すものでなければ意味がないのです。たんに話の筋や著者の経歴だけを紹介する、なんていうものではないですから。

ある女流作家の代表作が文庫になった時に、解説者が「私はこの作品はあまり好きではない。これよりも別のナニナニのほうがいい」とか書いたことがあった。それはそれでよいのだけれど、本を買って読む人にとっては、興ざめなんだよね。

解説を引き受けることは、その作品に共鳴がないとできません。ですから本当はその作品に感動して、あれは素晴らしいと周りに触れ回っているような人に解説を頼むのが一番いいのです。しかし、なかなかそういう機会はないんじゃないでしょうか。

高井有一さんの芥川賞の作品が、文庫になって、その解説を依頼されたことがありました。そのとき、ぼくはどうしても書けないからと断ったのです。その後、高井さんに会うたびに後ろめたい思いをしていましたが、それは嫌で断ったんじゃないのです。その作品の解説を書くためには、抱えている仕事を三ヵ月分ぐらい断って、ちゃんと書かないといけない。そう思ったから、断ったんですね。高井さんの出世作ですから。それだけのものがあるので、荷の重さというか負担に耐え難くて、今のぼくにはどうしても無理ですと言って辞退したのです。

漫画や劇画の文庫本がブームですが、そういった文庫本に、果たして作家や批評家の解説が必要なのだろうかと思ったことがありました。小説やエッセイにさえも、解説不要と感じることが時々あるのに、ましてや絵の文庫シリーズです。

解説なしでは淋しいということであれば、絵で解説をつけたらどうでしょうか。漫画なら漫画で、劇画には劇画的な解説をつけるというのは、面白いんじゃないかな。

解説を書くことが逆にマイナスを呼ぶこともあるし。解説がつくことで見るほうのイメージを限定してしまうようなマイナスがあるんじゃなかろうか。そんなことを『日刊ゲンダイ』の連載コラム「流されゆく日々」に書いたことがありました。

解説を頼むことを簡単に思う人もいるんですね。気楽に頼んでこられると一番困ります。本の帯もそう。ずいぶん断っているんだけれど、他の解説を書くと「なんだ、おれの本には書けないのか」って思われたりもして、心苦しいですね。

解説者は水先案内人です。読者が、解説を読むことでさらに喜びが深まる、ああ、こういう読み方もあったのか、なるほどと思って再読するような、そういう仕事です。ですから、評論というのは青年でもできるけれど、解説を書くのは大人じゃないとできないと思います。ぼくは、良き解説は評論より難しく、かつ大変なものだと思うから、そうそうは引き受けるわけにはいかないんですよね。

ですから逆に頼むときにも、なかなか頼めない。

自著解題の方が楽です。自著の文庫に書いていていただいたものもたくさんありますけれど、書いていただいた人には、一生頭が上がらないでしょ。言い尽くすことのできない感謝でいっぱいです。

『青春の門』のある巻の解説は、文芸評論家ではなく、福田善之さんという劇作家にお願いしました。すごい売れっ子だったけれど、畑が違うので喜んで書いてもらえました。

林達夫さんの代表作『歴史の暮方』という本の解説を書いたことがありました。もう一つの代表作『共産主義的人間』は作家の庄司薫さんが書いたのです。林さんは学者ですから、当時の常識だと、解説者も、東大の先生とかその方面の学者筋が書くのがふつうですよね。でも、林さんという人はそういう人じゃなかった。

例えば小説の挿絵について、こんなことを話されたことがありました。

「今は挿絵が入っている小説は通俗っぽいように思われているけれど、そうじゃないんだよ。『白鯨　モビィ・ディック』とかドストエフスキーの小説とかの本には挿絵があって、昔の小説はそういうものが多かったんだ」と。

林さんはいわゆる偏見のない思想家でした。ぼくは非常に尊敬していました。『共産主義的人間』にしても『歴史の暮方』にしても、本来は難しい哲学者が難しい解説を書くべきところを、庄司薫さんやぼくに書かせてくれたところが普通の人ではありません。

文庫解説

『歴史の暮方』（林達夫 著）

『ひねくれ一茶』（田辺聖子 著）

1976〜1995年

『歴史の暮方』（林達夫著）文庫解説（一九七六年）

文庫本ばやりである。下手な雑誌の何十倍も文庫が出版され、売れているらしい。そして、その文庫本のいずれにも〈解説〉がついている。昨日、私のところへ出版社の人が電話をかけてきて、こんど吾が社から文庫形式の漫画本のシリーズを出すから某々氏の長篇漫画について解説を書くように、と言ってきた。そこで私が答えたのは、次のような意味の事である。「ぼくは文庫に解説は必要だとは思わない。文学作品でも、学問的な著書でもみんなそうだ。ぼくの考えでは、何かの書物や、いや、本でなくとも、芝居や、絵や、政治的行動であっても、それに対する最良の批評というやつは、みんな対象と同じ形式方法で行われるのが一番いいと思う。だから、折角の漫画文庫なら、それに小説家の漫文なんぞをくっつけるのはおよしなさい。誰か気のきいた同世代の漫画家に頼んで、巻末に漫画による批評解説をやってもらうことだね。そうするに限るよ」

これは私の本音である。したがって自分の本を含めて、いやむしろそれを主なる対象として、最近の文庫ブームなるものに閉口しつつ、それ以上に文庫によってもたらされた解説ブームに首をかしげざるを得ないのだ。

したがって私がここに書くのは、解説ではなく、いわんや批評などでは毛頭あり得ない。私はこの巻末の小文で、この文庫をたまたま本屋の店頭で手にとり、パラパラとページをめくって〈解説〉の部分に目を走らせた本好きの読者に、「きみ、この本を買いたまえ！　今だ、今すぐ買うんだ！　きみがこの本に出会ったのは空前絶後の幸運なんだから、そうしなければきみは一生、本に出会ったなんぞという文句は吐けなくなるぞ！」とページの奥から手をのばして読者の胸を叩いてみたいのである。なぜなら、本来それは間違っているとはいうものの、わが国の読書人、ことに学生たちは、本を買う場合に必ず巻末の解説に目を通し、それが購入に価する権威ある名著であることを確認してからカウンターへ持ってゆくという悪い習慣が身についているからだ。一流銘柄の商標や、知名士の推す言葉など実際には何の保証もないことを日常生活の中でいやというほど見聞きしているくせにである。

したがって、解説家は技術と趣向をこらして、いかにその推す品物が価値があり、かつ美味であるかをあの手この手で解説する。この本の中で、林達夫さんは、人間の言葉には二つの機能があり、一つは理性の言語、もう一つは命令、行動の言語である、といった意味のことを書かれている（53ページ、「現代社会の表情」）。そして、後者の政治的言語がしばしば呪術的な本質にもとづくにもかかわらず、実際には〈理性の言葉〉の仮装のもとに発せられることを指摘しておられる。

この指摘は、いわゆる解説なるものに向けられた最大の批判だ。現代の広告は、常に〈理性の言葉〉を援用することによって大衆の情緒を刺激すべく日夜苦心しているからである。そこに文庫の解説は、それが知的読者を相手にするものだけに、ことにその点に熱心である。しばしば漂う見えすいたカラクリの手つきが私は好きではない。林さんはこの文集の中で、しばしば見えすいたカラクリに欺されることへの嫌悪を語っておられる。映画や芝居や小説も、そのために余り好まない、とも述べておられる。それは当然だ。林達夫さんがこれらの文章を書かれた昭和十四年～十七年（一九三九年～四二年）には、映画やラジオといったメディアに対する最大の理解者はヒトラーやゲペルスたちだったのだから。

私は自分の個人的な偏愛から、この林達夫さんの〈歴史の暮方〉という本を、一人でも多くの読者、それも青年たちに読ませたいと思う。それは一種のファン気質とでも言えるものかも知れない。私とてプロの物書きの一人であるから、そのためにどのような戦術的解説を書くことが有効かは、知らないわけではない。だが、この文集の中で〈歴史の暮方〉という暗い表現の中にも、いつかはカラクリの見すかされる時がくるという希望が隠されているように、理性の衣をまとった行動的言辞でもって読者を巻きこもうとは私は思わないのだ。この文集のどこがすぐれ、どこがどのような価値を持ち、どこがわれわれを打つか、などということは、読者の責任において決められるべきことなのである。私はただ直截単純に、これを読め、と青年読書家たちに言う。これを読め、私はそのためにこの文章を書いている、と。そしてつけ加えて言う。この本に二十代で出会ったことは、自分の数少い青年期の幸運の一つだった、と。

良識ある解説家ならば、この文集におさめられている文章が、日本の非常時と呼ばれた軍国主義全盛時代の、まさにさなかに書かれたものばかりであることをまず指摘するだろう。そして、あの知識人から労働者大衆までが一つの呪術的な国民感情に熱病のようにうかされつつ暗い歴史の夜の闇へまっしぐらに転落して行こうとしている時代に、林さんがいかに透徹した理性的立場を頑固に貫き通されたかを語るだろう。その予見性、そのアクチュアリティ、その冷たい情熱について解説するだろう。

だが、実際には（乱暴な言い方だが）予見の見事さなどは、後になってそれをいくらほめたたえた所で意味はないのだ。林さんの鋭い予見をたたえる機会はただ一つ、それが書かれた時において大声でブラボーと叫ぶことしかない。また、それを拍手する権利も、その時代に生きた人間たちにしかない。芸術作品や、政治的論文と同じく、思想の営みも一回性のものであると私は信じている。そのおこぼれはまた別だ。文学全集などというものは、実はおこぼれ全集なのであって、私たちは万葉集やドストエフスキイの作品などを、今日的に理解しているだけなのである。私たちはすぐれた個性の過去の戦績を吟味するために本を読むのではない。それは徒労というものである。私は林達夫さんが、これらの文章を書かれた時代というものに対しての理解や予備知識を強調したくはない。なぜかと言えばここに林達夫さんが書かれていることは気味悪いほどに今の私たちが直面している問題ばかりだからである。

この中に〈鶏を飼う〉というユーモラスな随筆がある。この中で鶏を飼おうと突然思い立った林さんは、さまざまなびっくりする出来ごとにぶっつかる。たとえば新鮮な自然の卵にかわって、腐れの早い危険な大口消費者用の冷凍卵が大量ひそかに小売店に出回っていたり、孵卵器の熱気でむされた後に不適格品としてはねられた無精卵が消費者の間に売られたりしている現実に、林さんは驚かされる。そして二十羽の鶏の飼料を入手する苦心の中から、三井、三菱、日産など大飼料会社の専横と農林省の官僚主義に突き当って、猛烈に腹を立てられるのだ。そこから「馬鹿につける薬はない」という苛立ちが、日本には発展はない、変転があるだけだ、という嘆息にかわってゆく。このあたり、理性家として見られている林さんが、実は相当に短気な情熱家でもあるらしいことがうかがわれて、読んでいて実に面白い。理性の尊重を説く理性家などというものは、奇妙な言い方だが灰のようなものである。林さんはそうではない。鶏の飼料を論ずるに際してさえも、その背後に激越な感性のたかぶりがパブロ・カザルスのチェロの低音のように響いている。カザルスがスペイン民謡〈鳥の歌〉

をひく時に、思わず発する唸り声は有名だ。どの録音にも演奏中は怪物の鳴き声のような唸り声がしばしば混入してくる。カザルスがチェロをひきながら思わず発するその唸り声、それと同じ声が、あの文中の「馬鹿につける薬はない」の結びの文句だろう。

〈フランス文化の行方〉という文章がある。流行を中心としたフランス的幻惑が、いかに世界に広がっているか、そしてその背後にあるものが実は、フランス的なるものを商品化して利用する多国籍企業の巧妙かつ巨大な資本の力であるかを論じた文章だが、これを読むと思わず笑いがこみあげてくるのを押さえることが出来ない。フランスを愛しながらも、その中華思想をレジスタンス運動の中にさえ見ざるを得ない林さんの苦々しい顔が読んでいる内に目に浮んでくる。エルメス、ルイ・ヴィトン、ランバンなどが日本の若い娘たちの日常の夢になっている現在でも、フランスはまた世界の小国へのミラージュ戦闘機の最大の輸出国なのだ。

ここで私がいくつかとりあげた文章は、勿論、〈歴史の暮方〉の骨組みをなす力のこもった多くの仕事の周辺にちりばめられた気のおけない文章の一部である。〈歴史の暮方〉を前にして小さなエレジーを呟く林さんの絶望の深さは、たとえようもなく暗く、重い。しかし、絶望の深さはまたその人の世界と人間への信頼の深さをそのままあらわしている。人間嫌いが、実は限りない人間好きの業の深さからもたらされるように。

「馬鹿につける薬はない」と、日本および日本人に向って口走る林さんの表情には、いわば日本と日本人への脈打つ愛が口惜しげにたたえられていて、読んでいて切ない気持ちになる。そんな林達夫さんの思想と情熱のありかたに惹かれる読者は、林さんの友人でありまた林さんとは逆に情熱的な風貌の理性家、久野収さんとの対談集〈思想のドラマトゥルギー〉をぜひ手にとってみられるといい。

林さんの著作の中には、私が読んでも難しくてわからないものもある。だが、大半は読み出すと面白くてやめられずに一気に読み通してしまうものばかりだ。それが書かれた日付などにこだわらずに、自由に読んで面白いのだ。一度、どこかでお目にかかった林さんは、快活な口調でチェコの人形劇の話をされ、ラジオでロシア語の勉強をはじめた、と笑いながら言われた。そこには〈歴史の暮方〉を身をもってくぐり抜けて来た人間の薄気味の悪さはなく、午後の日ざしの中でどこまでも明るく軽やかに見うけられた。私はそんな林さんの姿が大好きである。自分も今の歴史の暮方の中を、あんなふうに生き抜いてみたいと思ったものだった。それから何年かたつが、その時の印象はますます深くなってゆく。

（初出『歴史の暮方』林達夫、中公文庫、一九七六年）

『ひねくれ一茶』（田辺聖子著）文庫解説　（一九九五年）

「兜を脱ぐ」という言いかたがあるが、いまどきの若い人たちには通じるかどうか。こいつはとてもかなわない、と、白旗をかかげて降参することである。田辺聖子さんの『ひねくれ一茶』を読み終えたときの私の心境が、まさにそれだった。

考えてみると、小林一茶という人物は、どうもはっきりしない男である。熱烈なファンも多い一方で、なんとなく彼をいけ好かないと感じている向きも少くないようだ。私自身もこれまで漠然とそんな受けとめかたをしていた。たぶん、ひと筋縄ではいかないしたたかな男、という固定観念にとらわれていたのだろう。

そんな私の月並みな一茶観に、気持ちのいい一撃をあたえてくれたのが、この『ひねくれ一茶』だった。

出囃子の音がきこえてくるような洒脱な語り口につい引きこまれて、ページをめくるのももどかしく読みすすんでいくと、やがて小林一茶という不思議な人物の姿が行間からぐいと起ちあがってくる。体つきや、目鼻だちも見えてくる。身のこなしや、声の調子、吐く息のなまぐささまでが感じられる。江戸の町の華やぎや、信州の雪の重さ。そして故郷と肉親に対する執着の深さと激しさ。職業的俳人として業界に生きる自負もあれば、地方出身者の入り組んだ劣等感もある。一座建立の歌仙の座に身をおくつかのまの恍惚は、一転して先立つ知友や妻を見送る悲しみに変る。

それにしても、ここに描かれている小林一茶の濃密な存在感はどうだ。こういう男とはあまりつきあいたくはないなあ、などと思っているうちに、いつのまにやら一茶の俳諧仲間の末席にでもくわわったような気分になってきて、彼の病気の場面になると大根のひと束でもさげて見舞いに駆けつけたくなってくる、といった具合いなのである。それだけではない。小林一茶を見る目が変ってくると同時に、月並みな言いかただが、人間、とか、人の世、とかいったものに対する自分の見かた、感じかたに、それと気づかぬほどの変化が生じてくる気配さえあるのだ。

うまく言えないが、日ごろ「嫌なやつ」と思っているような相手にでも、自然に声をかけられそうな気分になってくるのである。いい小説を読むことの醍醐味とは、たぶんこういう体験を言うのだろう。

小林一茶はいまさら言うまでもなく、国民的俳人、といっていいくらいに著名な人物である。

〈我と来て遊べや親のない雀〉

〈痩蛙（やせがえる）負けるな一茶これにあり〉

などという句にいたっては、日本人ならだれでもが知っているはずの圧倒的にポピュラーな作品だ。

〈焚くほどは風がくれたる落葉かな〉

というのもスタンダード・ナンバーだし、

〈是（これ）がまあつひの栖か雪五尺〉

という句は、戦後、外地から引揚げてきて闇屋に転向した元学校教師の私の父親の口ぐせのようなものだった。

かつて友人だった赤尾兜子（とうし）という俳人が、「後世に三句残れば大巨匠」と、私に言ったことがあったが、一茶の句で広く人口に膾炙（かいしゃ）しているものは、芭蕉はともかく、蕪村よりははるかに多いだろう。なんといっても驚かされるのは、その多作ぶりだ。吸う息、吐く息に句がこぼれでるといった感じで、まるで「歩く句集」みたいな男なのである。しかも彼の感興をそそるのは、ありきたりの花鳥風月だけではない。反吐（へど）も、小便も、馬糞も、肥え汲み（こくみ）も、ノミも、シラミも、銭（ぜに）も、俗言鄙語（ひご）も、なにもかもが句作の対象になってしまうのだからすさまじい。

彼が信州、柏原村の農家の子として生まれたことも、江戸の俳人たちとちがう視線を持ちえた一つの理由だろうし、またどこかに「山川草木悉有仏性（さんせんそうもくしつうぶっしょう）」という仏教的感覚もないではない。故郷の一族・親類みな真宗門徒という出自も、その背景にあるのだろうか。

『ひねくれ一茶』では、椋鳥（むくどり）とか信濃者（おしな）とか呼ばれた地方出身の少年が、苦しい奉公人の暮らしのなかで思いがけず俳諧と出会い、やがて業俳（ぎょうはい）という職業作家として諸国に知られるようになってゆく過程が、当時の時代風俗とともに丹念に描かれていて、巻を措（お）くあたわず、という感じになってくる。

花のお江戸へのどうしようもないコンプレックスと異和感。そして当時の俳壇のなかでの焦りと、呆れるほどの貧窮ぶり。しかし、俳諧仲間を訪ねての行脚の旅は、思いがけない出会いと興趣にあふれていて一茶の心をたかぶらせる。上総の豪商の未亡人、花嬌（かきょう）も一茶の地方の門人のひとりだ。その艶麗な女弟子のやさしさと鋭い才能に一茶はほとんどいかれてしまっている。

その花嬌を描く田辺さんの筆づかいは、彼女をあこがれる一茶に対してサディスティックなほどあでやかである。そのよそおいのきめこまかい描写に酔いながら、彼女の一茶への心づかいに安堵し、連句の席での堂々たる応対と当意即妙の機智に感嘆するのも読者の娯（たの）しみのひとつだろう。

娯しみといえば、この作品の随所にちりばめられている食膳の描写も忘れがたい。分限者の遊俳、夏目成美の風流な別邸でふるまわれる趣向をこらした料理もいいが、夜の両国で味わう「何でも四文」の居酒屋の皿もいい。針の筵のような郷里の家で食うそばがきやこしょう漬までも、じつに旨そうに描かれていてこたえられない。そんなふうに細部がきっちり書きこまれている点でも、『ひねくれ一茶』は近ごろ出色の作品ではあるまいか。

江戸で一応の地位を固めた一茶は、やがて自分の「つひの栖」を、生れ故郷の柏原の村に確保しようとする。腹ちがいの弟、専六との遺産配分の長期にわたる交渉のはじまりである。亡父の遺書を楯に、あくまで強気で義母と弟に迫る一茶の執念はすさまじい。その粘りづよい姿勢には、たんなる物欲をこえた意志のようなものが感じられる。実家のかまどの灰まで権利を主張するというのはただごとではない。およそ日本人的ではないその一茶の心情に、虫やけものにまで心をくばる作品世界の優しさが、どう同居できるのだろうか。

ともあれ故郷の村に自分の城をかまえた一茶は、妻を迎え、子を生ませ、一瞬の安定をあじわうが、それも永くは続かない。妄執のように家族の愛をもとめる晩年の一茶の姿は、哀れというよりも無気味である。しかし、三度目の若い妻、おやおが彼の観音菩薩としてあらわれる。大火に見舞われ、仮りずまいの土蔵でも一茶は句帳をはなさない。

〈花の世に無官の狐鳴きにけり〉

やがて訪れてきた発作のなかで、生涯「無官」の俳人は、おやおの乳房に頭を押しつけたまま息絶える。『ひねくれ一茶』の末期に、作者があたたかい終章を手向けているのが印象的だ。

『ひねくれ一茶』は、一茶にあたらしい光をあてた物語であると同時に、また田辺さんの卓抜な文芸批評でもあり、俳句論であるようにも読める。『花衣ぬぐやまつわる……』で杉田久女を描き、『おくのほそ道』をめぐる旅や、関西の川柳作家をめぐる長篇小説を連載するなど、田辺さんの短詩型文芸に対する造詣は広く、深い。この小説のなかでも、もっとも読者を躍動させる部分は、一茶が気のあう俳友、門人たちと連句の座を催す場面の描写だろう。

私は俳句などにはなんのかかわりもない野暮天だが、その部分を読みながらなんとも言えない陶酔感をあじわった。こんな一瞬がこの世の中に存在するのなら、俳諧師たちがそのために全生活をなげうっても不思議はない、という気がしたのだ。他人同士が他人でなくなる瞬間、個人がそのまま宇宙の流れに合一する体験とでも言おうか。

「自利利他（じりりた）」という大乗仏教の言葉があるが、個人が個人のエゴを抱えたまま他人と一体になれるというのは、ひとつの宗教的体験ともいえる瞬間だろう。一茶はその極限の法悦を知ってしまった男だった。しかし気の合う仲間が世を去ってしまえば、その座も成りたたない。

よくよく人恋いしく、よくよく淋しい男だったのだな、と、あらためて一茶のことを思う。弟との確執も、見方によれば、対立によって義母や故郷とつながろうと願う意識下のラヴ・コールだったのかもしれない。そう考えてみると、一茶の「ひねくれ」ぶりを、いまは作者と同様にやさしく受けとめることができそうな気がする。そうなれば弟の専六との間にふっと訪れる、意外な気持の通いあいも、納得できようというものだ。

私ははじめてこの作品を読んだあとに、『ひねくれ一茶』の成功は一茶という主人公を田辺さんが選んだことだ、と書いた記憶がある。それに続けて、いや、むしろ田辺さんは一茶に選ばれたのではあるまいか、とも書いた。どんな才能のある作家でも、不思議なお呼びがなくては、ごくありきたりの作品しか書けないものなのだ。そういう目に見えない出会いの訪れがあったからこそ、これほど充実した見事な傑作が実り落ちたのだと思う。

『ひねくれ一茶』は、第二十七回吉川英治文学賞を満場一致で受賞した作品である。さまざまな讃辞がこの小説によせられたが、雑誌『波』の書評の中で、竹西寛子氏が、「絶妙の位置に配置されている一茶の句は、配置そのものが著者の鑑賞眼を示していて、それはすでに創作の次元にまで高まっていた鑑賞だということがよく分る。私は、古典鑑賞の極の一つは創作だと思っている」

と、書かれていたのに、なるほどと感心した。たしかに『ひねくれ一茶』は、物語としての結構(けっこう)と同時に、田辺聖子という作家のなみなみならぬ多面性を内に秘めた、ちかごろまれに見る卓抜な長篇小説なのである。

（初出『ひねくれ一茶』田辺聖子、講談社文庫、一九九五年）

月報の文章

『高橋和巳作品集7』

『ヘンリー・ミラー全集6』

1970–1971年

荘重なる滑稽さ（『高橋和巳作品集7』月報）（一九七〇年）

私自身にとって、高橋和巳と石原慎太郎の二人の作家は、他の文学者たちとは異なった或る特別の存在であった。それは私個人の問題だけではなく、たぶん私たちと同世代の昭和一桁派の物書きたちにとっても、大なり小なりそうであろうという気がする。

私はたまたま偶然に石原慎太郎と生年月日が全く同じなのだが、そんなこととは関係なく、彼が初期の作品をたずさえて立ち現れたとき、一種異様な感慨を覚えたものだった。今にして思えば、それは、強い共感と大きな違和感を同時に感じた人間のアンビヴァレンツな心の状態だったのだろう。

これだな、という気持ちと、いや、絶対にこれではない、という強い否定の感情が、私の中に音を立てて渦巻いていて、今でもその時の印象をまざまざと思いおこすことができるほどである。そして私自身、いつの日かはるかな将来、もしも何か作品めいたものを書く時には、きっとその後者の感情、〈いや、絶対にこれではない〉をバネにして書くだろうという予感があった。それは物を書く人間としては当然のことかも知れない。しかし、或る先行する人間の仕事が、それと同世代の人間に対して、追従や同行よりも、むしろいっそう極端な形で半ば無意識的に反対の方向へむかわせるという傾向もあるのである。おれはこの同年の作家のようにではなく歩いてやろう、いや、きっと歩くことになるに違いないというのがその時の私の感慨の核のようなものだったと憶えている。

一方、高橋和巳は、私たちの前に立ち現れる際にさえ、全く異なった姿勢でその姿を現した。それはまるで暗い深海の底から、まず一本の黒く鋭い尾鰭が波間に見え、やがてまた見えなくなったかと思うと、今度は想像もつかぬほど離れた地点にこぶのような濡れた頭部が現れ、その二点の下に隠されたものの異常な大きさを想像する間に、再び無気味な背鰭と広く長い背面が海面を割って浮上してくる、といった、そのような印象で彼の作品群は私の前に現れたのである。

そして、その頃、私自身は新宿二丁目にあるストリップ劇場に隣接した業界新聞の編集室で、その日一日を生きればそれで良い、といったグルーミイな生活を続けていた。

そんな中で、私は高橋和巳のいくつかの作品を読み、かつての石原慎太郎とぶつかった時と全く異質の、それでいてきわめて酷似した強い感慨をおぼえずにはいられなかった。

それは確かに、これだな、という共鳴であり、また、いや、これでもない、という対立感でもあった。その時の対立感については、一度前に〈文学界〉に〈滑稽なる党派〉というタイトルで書いたことがある。それはいわば、私自身の内に高橋和巳の創り出す世界に強く惹かれるものがあり、そちらの方へ傾斜して行く心情を、自分なりの立場で自己批判するといったていのものであった。

私は現在、ジャーナリズムが中間小説、あるいは読みもの、と呼んでいる分野で多く仕事をしているのだが、それにはそれ自体、意識的な方法論とまでは行かずとも、或る目的意識、または傾向的心情にもとづいて働いているわけであり、それは一面、太陽の世代にも、憂鬱なる党派にも完全に所属することの出来なかった、はみ出した者の居なおりなのかも知れぬ。しかし、少くとも、そのような自分の世界観や立場を、足もとからくっきりと投影して私自身に確認させてくれたのは、高橋和巳の重い作品群であった。それは、私のみならず、ここ数年の間に少しずつ動きはじめた連中が発見せざるを得なかった、一つの壁であり、その壁の存在が逆に自己の進路を確認させるといった形での、あらゆる分野への影響をおよぼしていると言っていい。例えば、それは革命や文学を目指す人間たちの枠をこえて、建築家や、写真家や、音楽家たちの間でさえ具体的に高橋和巳的世界の投影が議論されるといった場面に出会うことが少くないのである。

だが、最近、私が彼の作品に触れるとき、その中にひどく興味をおぼえるのは、高橋和巳の屈折し交錯した荘重で悲痛な文体の中に、結果的に現れてくるおかしさ、なのだ。荘重なる滑稽さ、というか、重厚なるユーモア、というか、そのようなおかしさに気付いて以来、私は憂鬱なる党派の党首として高橋和巳を見るステレオ・タイプの発想を、ひどく滑稽に思うようになった。それに気付くのがおそすぎたことを、いま、私は後悔しているらしい。

だが、サヴィンコフを論じた文章が、その他の高橋和巳のエッセイ類を読んでもわかる通り、その評論体の文章の中には、そのおかしさはない。それだけに彼の巨大なフィクションの中の主人公たちの背後に一瞬吹きすぎる荘重なる滑稽さは、私を強く打つのである。

一昨年の夏、九州の大学に呼ばれて、たまたま高橋和巳とはじめて顔を合わせる機会があったが、私がその時、大嫌いな講演を引き受けたのは、私自身の生き方に屈折した形での大きな心理的影響をあたえた二度目の作家に会ってみたいという欲望からであった。文学者の講演などというものの無意味さを、いやというほど感じているだけに、当日、お行儀よく膝に手をのせて聞いている女子学生や学生らを前に、とつとつと、ただ真正面からマルクス主義について語り続けている高橋和巳の姿は、私に一種の荘重なる滑稽さの印象をあたえ、そのことが私をひどく感動させた事を憶えている。私たちはその晩、したたか酒を飲み、夜明けの六時頃に那珂川のほとりで別れた。彼の酒量は驚くべきものがあり、ほとんど乱れなかったが、それでも、薄明の光の中で彼の横顔にはいささか疲労の翳がにじんでいたように思う。おそらくそれは、その晩、私が彼の困惑を無視して強引に踊らせたＧＯＧＯの過激な運動量のせいだったのかも知れない。その長大なる手脚をゆるやかに動かしつつ荘重なGOGOを踊っている作家の姿には、どこか、講演の時とは逆に、悲痛で沈鬱な印象があり、それは高橋和巳が自己と世界とのかかわりあいの中で、混沌たる時代の核を摑もうともがいている影絵のようにも思われたのである。

（初出『高橋和巳作品集7　エッセイ集1（思想篇）』（河出書房新社、一九七〇年）月報4（第7巻））

オカンポの樫の木（『ヘンリー・ミラー全集６』月報）　（一九七一年）

ヘンリー・ミラーについては、余り書いたことがない。一度だけ短い文章をＮＯＷという雑誌にのせたことがあるだけだ。ヘンリー・ミラーに限らず、ローレンス・グレルだとかケッセルだとか、ソ連の若い詩人グループだとか、イタリアの流行作家たちとか、いろんな文学者と酒を飲んだり喋ったり遊んだりした記憶を、私はほとんど自分だけの中にとじ込めてしまっている。いずれ何もかも忘れてしまって、そんなふうに出会った事が本当にあった事だったかどうかもわからなくなってしまうのではあるまいか。それはなぜかというと、私は物書きとして彼らを取材するために会いに行ったわけではないからだ。そしてその出会いは気軽な身内の遊び相手の一人としてのものであったし、私はどんな意味でも彼らとの接触を仕事の上にもちこむまいと決心していたからである。

私はその作家たちに著書のサインを頼んだり、一緒に並んで写真を撮ったり、帰国してから手紙を書いたりすることをしなかった。まして後になって彼らの印象記を書いたりするようなことをできるだけ避けようと考えた。だからこそ、極度にジャーナリズム上の効果に神経質な外国作家たちが、ひどくざっくばらんに人間としての素顔の一端をのぞかせてくれたのではないかという気もする。ヘンリー・ミラーのオカンポの家へ顔を出した日、私は彼にピンポンの試合をいどまれ、本気でその老人と対決した。そして、かろうじて一セットだけわずかに勝ち越すことができた。彼はその事がかなり口惜しかったと見え、「君はいい選手だ。われわれは素晴らしいファイトをした」と握手しながら、もう一度あすやろう、とどこか本気の眼の色で私に約束させた。それから毎日のように私は近くのミラマ・ホテルからオカンポを訪れ、思っていたよりもずっと小柄で、立派な顔を持った作家とピンポンをした。疲れると庭のプール（プールといってもそんなに大げさなものではなく、ごく実用的なつつましいプールであるが）で泳いだり、日本の女について喋ったり、いつも遊びにきているグレイ氏と、ホキやその仲間をまじえて麻雀をしたりしてのんびりした午後をすごした。夜になるとかつて彼がホキに意志的な求愛を続けたナイト・クラブや日本料理の店などへも出かけたりしたが、彼はその間たえず周囲の人間たちに信じられないほどの優しい心くばりを見せていたように思う。

私は英語が苦手なので、彼と喋っているより何か一緒に体を動かしている時間の方が多かったが、ドストエフスキイとエドワルド・ムンクについて少し話をした事が記憶に残っている。それはとても暗示的な意見だった。

　またその頃、ロスアンゼルスの映画館にかかっていた「おれたちに明日はない」について、彼は充分にその面白さを認めながらも、こんなふうに言っていた。

「あれは面白い映画だが、でも君、もしあんなふうに人を殺す場面を作品として公開することが許されるのなら、どうして人が性交する場面を公開していけないのかね。戦争映画や暴力を描いた映画より、平和的な性交のほうがより反社会的だとでも考えているんだろうか」

　そんな話をしながら、まだ朝食を済ませていない老作家は、ナイフでバナナを短くちょんぎって皿に入れ、その上から牛乳をぶっかけると大きなスプーンですくって穏やかな表情で嚙みしめるのだった。その頃の彼は、私の目には少し老けた顔つきの好奇心に燃えた一人の青年のようにうつった。いつかホキとドイツへ新婚旅行の途中で立ち寄った時、車から降りようとする彼に何気なく手をさし出して支えようとしたホキのその手を、きっとして振り払ったという作家の若々しい自立心が、その動作や表情のひとつひとつに感じられて、私は彼とピンポンをする時も本気で体ごとぶつかって行かざるを得ない気持ちにさせられてしまうのである。自慢ではないが、私は中学、高校と、かなりのラケット遣いを自負してきた人間だったのだ。私はヘンリー・ミラーの絵を何点か部屋にかけて暮している。そしてその絵をみる度に月並みな表現だが、あの樫の木のような男らしく、しかも優しい一人のアメリカ人を思い出さずにはいられない。私にとってヘンリー・ミラーとは、作家であるよりも先に実に魅力的なピンポンの好敵手であった。彼もおそらくある夏、自分に本気で戦いをいどんだ若いラケット遣いとしてしか私の事を憶えていないだろう。

（初出『ヘンリー・ミラー全集6　梯子の下の微笑』〔大久保康雄・筒井正明訳、新潮社、一九七一年〕月報13）

推薦文・帯・広告

1969年
2005年

『神聖喜劇』カバー袖推薦文（一九六九年）

埴谷雄高氏の『死霊』、野間宏氏の『青年の環』と並んで、大西巨人氏の『神聖喜劇』は、戦後文学が私たちに投げかけた最も壮大なかつ最も難解な問いかけの一つである。この大長編が延々二十三年にわたって書きつがれたさまは、あたかも永遠の時の車輪が、ゆるやかに宇宙の間を縦断して行くのを見る思いがあった。日本軍隊における内務班という坩堝の中に構築された反教養的教養小説としてこの作品は、いまようやくその異様な全貌を私たち読者の前に現わした。

偏執的方法で描かれたこの小説によって、われわれはかつてない体験の中にためされいるのである。

（初出『神聖喜劇　第二部　運命の章』大西巨人著、カッパ・ノベルス〈光文社〉、一九六九年、カバー袖）

『セネカ哲学全集』全6巻　広告パンフレット推薦文（二〇〇五年）

若い頃、自殺を考えたことのある人々の名前を集めたことがあった。セネカの名もその中にあった。死が前方にあると思うな、と彼は言う。死は背後よりきたれり、と吉田兼好は書き、後生の一大事をいま考えよ、と蓮如は語る。史上最多の自殺者の数を前に、いまあらためて死の側から生を語るセネカの声に耳を傾ける時がきたのではあるまいか。本全集の目次を眺めて、乾いた心が激しく波立つのを感じる。

（初出『セネカ哲学全集』全6巻　大西英文・兼利琢也編、岩波書店、二〇〇五年、広告パンフレット）

5 インタビュー・写真について

インタビューされてしゃべるというのは、普通はお付き合いみたいな感じが多いと思います。昔の偉い作家なんかは「もういい加減にしてくれ、この辺でいいかい」なんて言ったりしたものでした。

ぼくは、インタビューは一応受けるようにしています。媒体で選び分けるということもしませんが、受けてよかったと思うことは百回に一回くらい。断ればよかった、と後悔することもしばしばですが、例えば小さな出版社から地味な本を出し、その本について伺いたいなんて言われると、引き受けなければいけないようなところもありますね。

ただインタビューには難しさがある。まず分量です。一時間たっぷり、原稿用紙六十枚くらいの分量をしゃべったにもかかわらず、要旨だけを五〜六枚、ひどい時には数行でまとめられてしまう。ゲラでチェックをと言われても、取材者が書いたものです。日付や固有名詞の誤りぐらいは訂正できるけれども、聞く側が書くわけで「こういうふうに使いたい」という目的があるから、こちらの話を一応聞いたところで現場証拠みたいな形で使われる。これを聞きたいという取材者の意図があるので、そこだけを拡大誇張したり、主観によっていかようにでも書けるものです。出来上がったものを大幅に変えるわけにもいかない。だから難しいのです。

語尾や口調とかが気になることもあります。生真面目な口調で書かれたり、変に傲慢な偉そうな口調になることがあっても、ちょっと手を入れにくいのが困りものです。ヘミングウェイが大のインタビュー嫌いで受けなかったというのもよくわかりますね。

変な話ですが、インタビューを受けるときは、ある程度あきらめて受けるのです。どんなふうに料理されても、それは仕方がないと。世の中は誤解に満ちている、インタビューという不幸な事故に遭ったとあきらめる。自分の思っていることの一割でも伝わればよしとする。それが二割のこともあれば五割のこともある。十回に一回ぐらい、いいことがあったら、ラッキーだと思って喜ばなきゃいけない。世の中思った通りにはいかない、不条理なことは当たり前。子どもの時からそうした先入観があるので、あまりびっくりしません。

テレビにもたまに出ることがありますが、自分の希望しているようにはならないという覚悟で臨まなければだめですね。大事な話の間にＣＭが入って、肝心な部分がカットされることも多々あります。カメラのアングルもそうです。アングルは非常に大事で、その人を偉そうに見せようと思うと、下の方から仰角で撮る。これはファシズムのアングルとよくいわれる撮り方で、スターリンとかヒトラーとか、下の方から上を振り仰ぐようにして撮影しています。逆に上から見下ろす、そういう撮り方もあります。ぼくはどちらかというと、目の高さより少し高め、上から見下ろすように撮ってもらう方が気分的に楽です。

インタビューには写真撮影がつきものです。撮影なんて、みなさん適当に思っていますが、十枚の原稿より、一枚の写真の方がはるかに力を持つことがあるんです。だから真剣に写真を撮られないといけない。

写真の伝える力はすごいものです。『ヴォーグ』誌のカメラマンであり、『ニューヨーカー』誌などで活躍したリチャード・アヴェドンと対談したときもそう思いました。オイルにまみれた水鳥の写真が、イラク戦争のきっかけとなったし、海岸に打ち上げられた難民の子どもの写真が、ヨーロッパの難民受け入れを確保したというように、大きな影響力がある。もっとも海岸の写真は、ヤラせだという説もありますが、そうであったにせよ、それだけの力を持っているということです。だから、ぼくは写真を文章よりも特に高く評価しています。

昔から写真には非常に関心がありました。高校生の頃から写真を撮ってきたし、業界紙にいたときには、一人で取材、割付、校正、入稿までこなしていたので、カメラマンでもありました。その頃、たまたま、ぼくはスピグラを持って国会前をうろうろしていた。六十年安保の時でした。スピグラとは報道用の大型カメラで、蛇腹がついていてアオりがきく。報道という腕章をつけ、これを持っていると、一流新聞のカメラマンと思われて、官庁でも警察庁でもフリーパスで入れました。異常事態の国会前にいても、スピグラのおかげで警察隊にほとんど止められませんでした。

ちなみに写真界の芥川賞といわれる『アサヒグラフ』の木村伊兵衛賞第一回の選考委員は、ぼくと写真評論家の伊奈信男さん、渡辺勉さん、岡見璋さんと、写真家の篠（しの）山紀信（やまきしん）さんでした。それから、これも写真の芥川賞といわれる平凡社の雑誌『太陽』の太陽賞、この選考委員も篠山紀信さんらと一緒にずいぶん長い間やりました。ぼくなりに、いつも真剣に写真に取り組んできたつもりです。

インタビューや対談時に、カメラマンが撮影を始めて五〜六分経つと「おい、もうやめてくれよ、話しているときにカシャカシャやられたら、しゃべれないじゃないか」などと言う先輩作家方がおられます。あの闊達（かったつ）な吉行淳之介さんでさえ、そう言ったと聞きました。まあ、二時間の対談中、ずっと撮り続けられるというのもきついですからね。

でも「ほんの五、六分で終わりますから。お手間を取らせません」なんて言うカメラマンには、そんないい加減な撮影はやめてくれ、五時間かかってもいいから、ちゃんと撮ってください、と昔は言ったりしたものです（笑）。今はもうおまかせですね。そんなことを言うものだから、五木は写真にうるさい、自分が恰好いい写真を撮られたいからそんなこと言うんだ、とジャーナリズムの連中から悪口を言われてきました。

でも、それは違いますね。いい内容の写真、カメラマンがいい作品だと納得できる写真が撮れるよう、被写体として全面的に協力する。一緒に仕事をする仲間だから、撮影は共同作業なんだと思うのです。

三時間あまり、ずっとぐるぐる回りながら撮り続けるカメラマンもいて、これもちょっとキビシイと思いますが、一方で、一、二分パラパラと撮って何も言わずに消えていくような新聞社の写真部員もいる。これもどうかと思いますね。

世の中はおかしなもので、三時間撮りまくり、今はフィルムじゃないから何百枚でも撮れるわけですが、それほど撮ってもろくな写真がないということもありますね。かと思えば、ひょいと来て、ひょいと撮って挨拶もせずに帰ったいい加減な男の写真が一番よかった、なんてこともある。偶然その時、こちらがいい表情をして、ということもあったのかもしれませんが、努力イコール結果でもないところが面白い。

写真家の間で伝説として伝わっている話があるでしょう。あのチャーチルを撮る時に、いい写真を撮ろうととことん粘って粘っていたら、ついにチャーチルが怒りだし、カーッとして「いい加減にしろ」と怒鳴った。そこをパシャって撮ったら、「怒れるチャーチル」という傑作が生まれた、とかいう話です。

でも、それは違うとぼくは思う。その写真は、チャーチルの本質を撮っていない。彼を苛立たせて怒りのあまり興奮し、怒鳴ったところを撮った写真が彼の真実を捉えているなんて、何を言っているんだと思う。写真家の仕事は、その人間の大事なところ、隠されたよいところを撮ることです。

伊丹十三(いたみじゅうぞう)が何かに書いていたのですが、カメラマンというのはサルに似ている、と。手を上げたり、腕を組んだり、表情のある格好をすると、すぐにシャッターを切ると。動きのある写真を撮りたいと、決まりごとのように考えている。でも本当の動きとは、内心の動揺、目の表情なんかに出るものですからね。動作じゃない。

かつて『アサヒカメラ』の表紙の写真を撮るのに、写真家の高梨豊さんと一緒に一週間、北海道へ行ったことがありました。彼が石狩の海岸で撮りたい、と言ったので。

たった一枚の写真のために北海道まで行けた時代でした。予算もあったんだね（笑）。極寒の時季でした。彼がぼくに言うわけです。北風の中で走ってください、転んでください、ここに寝てください、座ってください、しまいには風に向かって泣いてくださいと言われた（笑）。こちらも一生懸命応えようと、体ごと砂まみれになりながら頑張って撮影を続けたものです。

ですからぼくは撮影のあと、候補作品を五、六枚見せてほしいと言うのです。編集者にとっては毎日の簡単な仕事ですから、見過ごしているところもある。この背景は違うだろう、と当事者だったら言えるから見る。

そういうことをすると、昔はずいぶん批判されたものです。あの作家は自分の写り具合を気にする、いやぁ小説家で写真を気にするなんて愚かだよとかね。それを聞いて、写真に対してリスペクトがないなぁ、と苦笑していました。写真というアートを、写真屋に記録をとらせるぐらいにしか考えていないし、フリーのカメラマンに対してもあまりに尊敬がない。その辺のことについては、表現者として、徹底的にディスカッションしたいくらいですね。

何度も言うようですが、文章なんて一枚の写真にも及ばない、ビジュアルは小説よりも強し、という信念のようなものが、ぼくの中のどこかにあるのです。

インタビュー

2016年

サブカルチュアの背後に

（二〇一六年）

「まじめなこと　常にジョークで」

永六輔さん、大橋巨泉さん、そして昨年亡くなった野坂昭如さんと、戦後のサブカルチャーの旗手たちが、ここへきて一斉に退場されたという感じがありますね。みな早大に入って中退する訳ですが、出会ったのは、それぞれテレビやラジオの仕事に関わっていた二〇代の頃です。お互いライバル意識もあり、つるむことはありませんでしたが、一目置いている同志でもありました。

一九五〇年代から六〇年代にかけて、日本でもカウンターカルチャーとしてのマスメディアが一つの流れとして成立してくる時代。その中で大きな位置を占めていたのが、作詞・作曲家で放送作家でもあった三木鶏郎（とりろう）さん率いる「冗談工房」でした。

永さんはそこでアシスタント格、野坂さんはマネジャーをやっていました。僕も後に三木さんの「音楽工房」「テレビ工房」「ＣＭ工房」に関わるようになります。当時は作詞もやれば番組の構成もやる、評論も書けば匿名の批評もやるし、歌も歌ってステージもやる。六〇年代半ばまで、みんなそういう雑業の世界にもやもやっと日が当たってきて、そこには、まじめなことを常にジョークで言うという精神があった。

大橋巨泉さんは学生時代からジャズ喫茶で解説を交えて曲を紹介する司会者、今でいうMCとしてもよく知っていました。のちの一種のスタイルとしての傲慢さみたいなものはなくて、真摯な青年という感じで、ジャズについて情熱的に語っていましたね。

当時、大学を出てテレビやラジオに行くのはアウトサイダーの感覚です。歌謡曲やジャズは低俗な大衆文化とされて、知識人が言及することはなかった時代です。永さんや大橋さんは、そういう低いジャンルとみられていたものを表に引っ張り出してきた人たちです。

屈折して別の世界に

誰も指摘しないことですが、彼らがこうした舞台に行き場を求めていった背景には、戦後のレッドパージの影響があったと僕は見ています。永さんにしても大橋さんにしても、青島幸男さんにしても、オーソドックスに行けば「左」だったはずの人たちが、いわば屈折してテレビやラジオに行った。頭を押さえられ、そのエネルギーがサブカルチャーに向かった。

ないか。

唐十郎や寺山修司、日活ロマンポルノなんかも、そういう流れの中で見る必要があるのでは

ロシアのヒューマニストの素朴な合言葉に「ヴ・ナロード」（民衆の中へ）というのがあります。ある種の屈折を経て、鬱々と不平不満を言うのではなく、テレビやラジオなど別の世界に王国を築きあげた。彼らがやったのは、ヴ・ナロードなのかも。

もう一つ大事なのは、彼らの表現が「書き言葉」ではなく「話し言葉」だったこと。ブッダやキリスト、ソクラテスたちは、何をしたかというと、語ったんですね。本来、情報というのは肉声で語ることと、それを聞くこと。文字はその代用品に過ぎません。

永さんは浅草の近くの浄土真宗のお寺の生まれですが、彼がやったのはまさに「旅する坊主」。それも法然、親鸞から続く説教坊主の系列です。真宗は徹底的に大衆的で、人々に語って聞かせる。風刺やユーモアを忘れず、歌を大事にする。永さんはエンターテインメントをやっているけれども、どこかで人生の機微に通じるところがある。そして、代表作が『大往生』でしょう（笑）。

大橋さんにしてもそうです。彼らがやったのは、いわばグーテンベルク以降の活字偏重文化からの「話し言葉」の復権です。戦後の大衆は、彼らのメッセージを楽しみと共に受け取っていたのです。

そういう三木鶏郎の血脈の中で、僕や野坂さんや井上ひさしさんは雑業の世界で志を得なかった。そこで、活字の方へ出て行ったのかもしれない。その頃「エンタメ系」というのは蔑称でしたが、そこから絶対に出ないぞと思っていた。「エンターテインメントとして小説を書いているんだ」という、西部の流れ者のような感覚はありましたね。

最後に本音ぽろっと

今やサブカルチャーが社会から承認されメインカルチャーになってしまいましたが、本来はメインカルチャーに対する異議申し立てでした。その担い手たちの根本には、敗戦体験と左翼運動の挫折があった。彼らの仕事は、そういう広い日本の戦後思想史の中で語られるべきです。

そういう彼らが晩年になって、それぞれ反戦の思いを語った。「どうせこの世は冗談」をスピリットにしていた人たちが、冗談を言っている余裕がなくなった時代になって、最後に本音がぽろっと出た。僕はそんな気がしています。

（聞き手・板垣麻衣子）

（初出『朝日新聞』二〇一六年八月十七日付）

6 コラム（雑文）・連載・思い出の記について

寺山修司は、いろいろな週刊誌に競馬の解説やボクシングの予想など、コラムというか雑文を書いていました。福沢諭吉の『学問のすゝめ』を読んでみると、書き下ろしの文章じゃないことがわかります。パラパラッと時事的に書いたもの、言ってみれば雑文を集めたものなんですが、あれだけのベストセラーになったのだから、雑文というものは非常に大事だという気がします。斎藤緑雨は辛辣な文章で鳴らした雑文の大家です。そういう人がたくさんいます。

どんなに短い雑文やコラムであっても、その人なりの思想が如実ににじみ出るものです。何を語ってもそうなんだよね。寸鉄人を刺すような文章もあれば、思わずクスッと笑ってしまうような文もありますし。

植草甚一さんがあちこちに書いていらしたのも、雑文の名文ですね。高尚な、外国の本の話やミステリー、音楽の話が多いけれど、短いコラムもいっぱいありました。

ぼくが尊敬する人で中村とうようさんという人がいました。この人は『ミュージックマガジン』の元編集長でしたが、音楽だけではなくていろんなところでコラムや短い文章を書いています。

概して長いものより短いものを書くほうが難しいものです。長い論文や、ちゃんとした、しっとりとしたエッセイというものもあるんだけれど、原稿用紙一枚か二枚くらいの短い雑文の中に時代の色がよく見えたり、風刺とユーモアと批判がこもっている珠玉の名文もある。

ぼくはいろんなところでどうでもいい話をいっぱい書き散らしていますが、雑文はぼくの仕事の中ではとても大切な仕事だと思っています。四十年以上、休まずに『日刊ゲンダイ』に書いていますが、昔はライバル紙の『夕刊フジ』と『日刊ゲンダイ』を同時に書いていたこともあった。『夕刊フジ』のほうは、山藤章二（やまふじしょうじ）さんが描いたぼくの変わった絵がいつも載っていて、これこそ雑文でしたね。あぐらをかいて浴衣でも着たような話という、雑文とはそういうものですが、そこに時代というものがうかがえる。そういうものがすごく大事な気がするのです。

今もいろいろ雑文を書いています。『小説現代』の「犬も歩けば」も雑文だし、『サンデー毎日』の「ボケない名言」も一種の雑文です。

『日刊ゲンダイ』のコラムは、連載を始める当時、石川達三さんが『新潮』という雑誌に「流れゆく日々」という連載エッセイを書いておられた。石川さんは、衆議院議員選挙に立候補するなど、文学者としては硬骨の人でした。一つの信念を持っていてぼくはひそかに尊敬していました。その連載タイトルには、周りが時代を流れ流行が変わろうが、自分は岩のように動かんぞ、おれは姿勢を変えないぞという、石川さんらしい確固たる信念が表れていた。

それに対して、ぼくはそうじゃなく、塵など雑多と流れていくなら、一緒に流れていくよ、流れていきながら言いたいことを言うんだ、という立場で「流されゆく日々」というタイトルをつけたんです。ある意味で石川さんに対するカウンター・タイトルですね。

世間の傾向とか流行とかに流されず、がっしりと足を踏ん張って自分は変えないよという態度も立派だろうけれど、ぼくの場合は人々が流れていくなら、ともに流れて行こう、流れて行きつつポジションだけは変えないよ、という立ち位置です。

掲載紙の『日刊ゲンダイ』はタブロイド紙です。ヨーロッパ、ときにイギリスあたりでは、タブロイドというだけでエロ新聞、ゴシップ紙という扱いを受けて、頭から軽蔑される。とりあえずぼくは、ああいう雑踏の巷の中を自分の仕事の場としているという気持ちで、これは大事にしていきたいと思っているわけなんですね。

「流されゆく日々」は典型的な雑文です。日常のレポートから健康の話から政治の話から映画やギャンブルの話から、ありとあらゆるものが中に詰まっている。毎日、正直な時代の感想を述べています。

『日刊ゲンダイ』が創刊されたのは、一九七五年十月です。「流されゆく日々」は、そのときから書きはじめ、かなり前に一万回を超えました。『日刊ゲンダイ』は、講談社から出た川鍋孝文というすごい男が創刊したエロとギャンブルと体制批判が売りの日刊紙です。

　連載を始めるにあたって、ちょっとしたエピソードがあります。学生運動が盛んだった時代です。立教大学の学生が突然ぼくを訪ねてきました。大学をバリケード封鎖し、教授たちを中に入れないようにしたが、一応学生なので学内で勉強したほうがいいだろうということになり、自主講座を始めることになった、というのです。学生たちの管理のもと、鶴見俊輔とか高畠通敏という人など、いろんな人の協賛を得てきた、そこでぜひ講師に来てくれないか、と交渉にやって来たのです。なかなか気骨のある学生だったので快諾し、立教大学のバリケードの中で、講義というか、まあ、おしゃべりをした、ということがありました。

　その頃の関係者の一人が、日刊現代に入社したのです。そしてぼくが連載をスタートし、その担当を彼がすることになり、今なお続けているという次第。彼は定年で退職した後も、ぼくの原稿を取る仕事を続けてくれ、四十年以上になります。

『日刊ゲンダイ』は日刊ですから、新しいニュースを入れるのが使命です。だから連載コラムは書き溜めない。海外旅行をするときなどは別ですが、ストックなしでやろうと決めました。翌日の掲載分は、前日の夜中十二時までに原稿を入れる。そうすれば、昼にはキオスクに並ぶ、という原則で、ずっとやってきました。

担当の彼は、夜中の十二時くらいから深夜一時までは、どこかでずっと待機している。原稿が届いたか届いていないか、とやきもきしながら。で、届いたらそれを校正し、レイアウトして、編集部に出す。これが午前二時とか三時くらい。掲載記事の後のギリギリの入稿なので、ときどき、新聞のトップ記事のニュースより、ぼくの連載原稿のほうがくわしかったりすることもあるのです。阪神・淡路大震災の時、新聞が死者四八〇〇とトップ見出しを打った。ところがぼくのほうは、その後入った情報をもとに書いているから五六〇〇となる。そういうことも起きるのです。

活字というよりは、今はやりのブログみたいな感覚かなと思います。東日本大震災で、東京電力の福島原子力発電所が事故を起こした時に、これはメルトダウンしている、と書いたこともあった。

それにしても四十三年間、毎日掲載が滞ることがなかったというのは、呆れたことだと思います。ぼくが風邪をひいたり、交通事故に遭ったり、電話が不通になったり、また担当の彼のほうが転んだり、原稿をなくしたりとかいろいろあってもおかしくない。必ず一日一回、まるでトイレに行くように、ストックなしで書いているのですから、奇跡です。

ところで、ボブ・ディランはデビュー以来半世紀以上、年間百公演近いライブ活動をしています。彼自身この活動を「ネヴァー・エンディング・ツアー」と言っている。ボブ・ディランにとって仕事はコンサート、日々のライブです。オーディエンスと向き合い、その場所で自分の生の歌声を聴いてもらうことなんですね。そこで生まれる演奏者と聴衆との感情の交わりに、表現者としての自分のレーゾンデートルを認めている。

レコーディングやアルバムを作るのは、単に足跡を残すことであって、レコードを作るためにツアーをしているのではない。これが大事なんですね。何百人、何千人というお客さんと向き合って、毎日毎日コンサートをやる、それが彼の仕事です。

新聞に書く、週刊誌に書く、月刊誌に書く。それがぼくの仕事だけど、そこがぼくの舞台、ぼくにとっても仕事はツアーです。それが本になるのは、アルバムを作るのと同じで、自分の足跡を記録することなんですね。だからコラムや連載の一回一回に対して真剣にならざるを得ないんです。

ネヴァー・エンディング・ツアーを続けているボブ・ディランだから、「風に吹かれて」という歌の心情がよくわかる。それが彼の仕事なのだと。ツアーをやっている最中にノーベル賞とか言われても、授賞式には出られないよ、と思うよね。そんな彼の姿勢に、ぼくは非常に共感するところがあります。

新聞に『親鸞』を連載したとき、朝刊の読者にその連載をおもしろく読んでもらえるよう、一回一回真剣に書きました。その日の物語の中に何かある。そして文末まできたら、次はどうなるのだろうと期待してもらえるように書く。明日も読まなければ、と思われるように。そして翌朝、新聞が来るのを待ちかねて、まずは連載から読む。ぼくが小説を書きはじめた頃から目指してきたエンターテインメントとは、そういうことです。

明治以来、夏目漱石とか、尾崎紅葉とか、新聞の発行部数を左右するような人気小説は別として、戦争が終わってからの新聞の連載小説は、新聞の床の間のようなもの、つまりお飾りだったんですね。書いている人にもその気がない。連載がまとまったら本にしよう、それを分散して書いているだけ。だから読むほうも面白くない。その中で、村上元三さんの新聞連載小説『佐々木小次郎』は面白かった。毎日、新聞が来るのを待ちかねて読んでいました。

自分で言うのもおこがましいですが、ぼくはその新聞の購読者が増えるように、と思いながら、一回一回苦心して書いていました。『親鸞』の連載小説を書いていたときには、ある新聞社で購読者が何十パーセント増という明治以来の数字が出たそうです。量の変化は質の変化だと思っているので、目に見える量というものを大事にしたい。いわゆるブロック紙といわれる北海道新聞、中日新聞、東京新聞、西日本新聞の四社、プラス地方紙、合わせて四十四社で連載していたから、延べ部数は二千万を超えていたはず。沖縄の琉球新報から北海道新聞まで、その読者に向けて毎日毎日発信する。今日が勝負だと思って書いていたのです。

週刊誌の連載も同じです。本にまとまったら読めばいい、と連載を飛ばす人がいますが、飛ばされたら連載している意味がない。ぼくにとって、週刊誌がライブなんです。そこがぼくの舞台なのです。本になるかならないかは、問題じゃない。

昔、『週刊新潮』で愛読していた連載は、柴田錬三郎の『眠狂四郎無頼控』と五味康祐の『柳生武芸帳』でした。だいたい一話完結か、どんなに長くても三、四話で完結していました。一、二回で終わると思うから、続けて今週も読もうと思うわけです。

一回で終われば、こんなありがたいことはない。週刊誌一回分が原稿用紙十二枚半とすると、この分量で一話を終わらせるのは至難の業です。プロなんだから、それをやらなければと思いながら書く。実はここにこそ、連載を書く醍醐味があります。

二〇一六年から『中央公論』誌で「一期一会の人びと」という連載をやりました。サブタイトルは「僕が出会った二十世紀のレジェンドたち」。かつて対談した外国人を、回想記という形で書いてみたものです。

第一回目はミック・ジャガーでした。続いてフランソワーズ・サガン、ジャンヌ・モロー、それから『地獄の黙示録』の映画監督フランシス・コッポラ、ファッションとアートの写真家のリチャード・アヴェドン。さらにヘンリー・ミラーとか、ロシアの吟遊詩人であり小説家のブラート・オクジャワや、ローレン・バコールもとりあげています。

また、この連載に先立って、カシアス・クレイことモハメド・アリの回想記も書きましたが、これは特別なものがありました。

連載を今いろいろと持っているのは、余業とか本にするためとかではなく、一回一回、花火を上げること。一瞬で消えるからこそ記憶に残るのが花火です。本が出るということは、花火の写真集が出るようなものなんですね。

ミック・ジャガー

回想・一期一会の人びと

モハメド・アリ

2016年

読書家としてのミック・ジャガー

（二〇一六年）

プラハの春と天安門事件

むかし、吉行淳之介さんに、対談のコツを教えてください、と頼んだことがあった。吉行さんといえば、当代きっての対談の名手として自他ともに認める存在だったからである。

そのとき、というのは赤坂の「乃なみ」という旅館で麻雀をやっていた夜のことだ。色川武大、こと阿佐田哲也雀聖とか、福地泡介、生島治郎などが一緒だったと思う。吉行さんをはじめ、みんな故人となってしまった仲間たちである。

迷った末にリーチをかけて、吉行さんはご機嫌のていだった。私の野暮な質問に白い歯を見せて、それはなあ、イツキくん、嫌いな奴とはやらんことだよ、うん。

そのとき阿佐田さんが、静かに、ロン、と言った。阿佐田さんはいつも申訳なさそうに、ロン、とつぶやく。きみが余計なことをきくからあがりそこねちまったじゃないか、と吉行さんがこぼした。

仕事の関係で、これまで沢山の人と会ってきた。対談やインターヴューや、いろいろだった。仕事ぬきで偶然に出会った人も多い。そんなとき、いつも思いだすのは、吉行さんの言葉だった。しかし、私には問題があった。そもそも、食べものもそうだが、人に対して好き嫌いの感情がほとんどないのである。会ってみませんかとすすめられて、これまでいやといったことは記憶にない。どうしても会いたいと熱望した人もいないし、尻込みして会うのを避けた相手もいなかった。

ミック・ジャガーと会うことになったときも、なりゆきでそうなった感じだったのである。私はロック音楽についてては、まったくの門外漢だった。二十世紀の音楽シーンにおける彼らのグループの立場にもほとんど無知だった。まして英語がからきし駄目なので、通訳を介しての対話である。しかし、その点に関しては、あまり不安はなかった。言葉は大事だが、すべてではない。表情、身ぶり、声、服装から息づかいまでが、すべてを物語る。不遜な言い方だが、黙って三十分向き合っていただけでもいいではないか、と思っていた。

その日、ミックは、その辺の兄ちゃんみたいな恰好でやってきた。ロックのスーパースターというより、宅配便の配達の若者といった感じだった。

一九六七年にポーランドのワルシャワへ行ったそうですね、と私はたずねた。会場はどこだったんです？

「Palace of Culture. 知ってるかい？」

私がワルシャワを訪れたのは、一九六八年の五月革命の後で、ソ連軍の戦車が撃った弾痕があちこちに残っていた。

「それが例のスターリン様式の冴えない建物でね」

と、ミックは苦笑しながら言う。

「その周囲の建物は、まるで戦争の後みたいな雰囲気だったよ。会場の前のほうの良い席は、共産党のお偉方でずらりと占められていて、本当の僕らのファンはずっとうしろのほうさ。で、演奏がはじまると——」

ミックは両手で耳をおさえて顔をしかめた。

「党員たちはみんなこうさ。会場の周囲には銃を構えて立っている兵士も多かったから、ぼくらはその銃口に花を挿したりしたよ。いかにも六〇年代ふうのアプローチだけど」

フラワー・チルドレン、と言って彼は笑った。

「チェコスロバキアの新しいリーダーのハヴェル氏は劇作家なんだよ。彼は半年前まで刑務所にいたんだが、今や自由チェコの大統領だ。たしかに彼らは君の言う通り実にパワフルな世代だよね。年寄りたちはどんどん死んでいってるし。中国にはまだ老人たちが残ってるけど、彼らが死んだら中国にも変化がおこると思うかい？　どう思う？」

簡単には言いきれない、今の時代は予測がつかないから、と私は答えた。

「まったく、そうだ。でも僕は中国にもなんらかの変化があるのではないかと思っている。あの天安門広場の事件は、〝プラハの春〟と非常に似ていたんじゃないのかい？」

それから彼は次のソ連の公演のことに触れて、チェコにも行く予定だと言った。

「こんど日本にくる直前、ストラビンスキーのバレエ『火の鳥』を見たんだ。舞台セットの絵と衣装は、すべてシャガールだったな」

ロシア構成主義の今日的展開

そこからステージの美術の話になり、私が一九二〇年代のソ連の構成主義のことに触れると、ミックは息がかかるほど顔を近づけて、

「ぼくらの舞台セットをどう思う？」

と、きいた。私は見たばかりのステージの印象をしゃべった。新しいアルバム『スティール・ホイールズ』のジャケットなどを含めて、コンサートの工場や歯車のセットなど、まさ

に二〇年代の構成主義の感覚そのものではないか、と言ったのだ。するとミックは両手をパチンと打ち合わせて、「そうなんだ！」と叫んだ。

「まさにその通りさ。今回のステージのセットもその一つなんだ。いわば一九二〇年代のロシア・アヴァンギャルドの今日的展開といっていいだろう。ジャーナリズムでそこを指摘する人がほとんどいなかったのは、どういうわけ？」

私は前の年、パリで革命二百年祭のパレードを見たときの話をした。その出しものの中で、もっとも興味ぶかかったのは、ソ連チームのパレードだったと説明した。巨大な鋼鉄の機関車を走らせたり、一九二〇年代のアートを現代的にアレンジしたりとか実に異色を放っていたのである。すると、ミックは両手を上にあげて、大声で言った。

「そうだ。きみが見たそのパレードのコンセプトを手がけたのが、じつは僕のパートナーなんだぜ！」

そしてやや高潮した表情で、首をふった。

「ジャン＝ポール・グードというんだ。彼は僕らの仲間なんだよ！」

そして早口で喋りだした。

「ちょうど去年のクリスマスのころの話だけど、じつは『スティール・ホイールズ』のツアーをヨーロッパでやりたかったんだ。ところがなにせ金がかかり過ぎる。で、どうやって安く実現しようかと悩んでいたところだった。そんな折りにディアギレフの本と出会ったんだよ。彼は『二度と同じバレエは踊らない』と書いているんだ。一度踊ったらそれで終り、とね。彼は正しいと思ったよ。それで、ヨーロッパのツアーは、まったく新しいステージにすることにきめたんだ。だから今回のステージ・セットは日本公演を最後にする。この後は捨てるつもりさ」

ジョン・ル・カレが好き

それからモーリス・ベジャールの話になり、やがて彼らがロックの殿堂入りをしたときのアメリカでのスピーチのことを私が思い出して話題にした。ミックはその祝賀パーティーで、辛辣なジョークを披露して話題になったのだった。彼はジャン・コクトーの言葉を引いて、「アメリカ人は変っている。最初に仰天して、それから博物館に入れる」とスピーチしたという。その事に触れると、彼はいたずら小僧のように大笑いした。

「ああ、あのコクトーの文句ね。一応、連中も笑ってたみたいだったけど、実際には意味がよくわかってなかったんじゃないのかな。そもそもジャン・コクトーが何者だか、知ってる奴はいなかったみたいだよ（笑）。大体、アメリカ人というのは、日本人やイギリス人のように、自分たちが他人からどう見られているのかを過敏に考えたりしない国民だからね」

それからミスター・イツキはどういう小説を書いているのか、とたずねた。ジャズが好きなロシアの落ちこぼれ少年の話を書いたことがある、と言うと、彼は、ふーん、そいつは面白そうだなあ、とうなずいて、早口で喋りはじめた。

「僕はジョン・ル・カレの"The Russian House"を読んだけど、その主人公はサックス奏者だった。僕は結構、ル・カレが好きなんだ。まあ、活字が好きだとは言えないけど、いまはゴルバダールの『ハリウッド』という本を読んでる。アメリカの歴史をあつかった小説の中の一冊なんだが、きみは読んだかい？」

私は、読んでいないと答えた。

「ほかのやつもシリーズなんだ。"Bar"とかね。出版されたのは、たしか十年ほど前だよ。市民運動がテーマになっていて、とても良くできている」

ほかにはどんな本を？　と私はたずねた。

「うーん。オデッサについて書かれた面白い本を読んだな。ユダヤ教のマフィアの話さ（笑）。ロシア革命直前の話だ。じつに興味ぶかい本だった」

約束の時間が過ぎて、私が話を終えようとすると、彼は、まだ大丈夫、というように手で制して、ところで、と念を押すように言った。

「きみは今度の僕らのコンサートには、必ずきてくれるよね」

もちろん、と私は答えた。ロックには縁遠い人間だったが、必ず彼のコンサートには行くつもりになっていた。

「いつ？」

と、ミックはきいた。

「十四日と、それから二十七日に」

よし、その日は両方とも良いショウにするように頑張るよ、と彼は笑顔で言った。

最後に、ふと思いだしてたずねてみた。

「今回、プライベートな時間は？」

「ほんの少しだけ」

と、彼は指でサインをしてみせた。

「ほんの短い時間だけど、〝ゴールド〟というディスコに行ったんだよ。知ってる？」

「いいえ」

「最新のディスコでね。上の階は日本の古い屋敷ふうで、なかなかよかった」

私はふと思いだして、以前、フランソワーズ・サガンにインターヴューをしたときの話をした。

「東京にもディスコはあるの？」

と彼女にきかれて、「もちろん」と答えたら、サガンがいきなり立ちあがって、「今すぐそこへ行って、インターヴューはそこでやりましょう！」と言いだした話である。

すると、ミックは爆笑して、「そいつはおかしい！」と、しばらく笑いやまなかった。

ミックと別れたあと、ふと吉行さんの言葉を思いだした。私はそれまでローリング・ストーンズについても、ミック・ジャガーという存在についても、ほとんど何も知らなかった。本当に好きでも嫌いでもなかったのである。しかし、短い時間を一緒に過ごしたあと、私は彼のことをとても好きになっている自分を感じた。ロックの人、という固定観念がすっかりこわれて、好奇心の旺盛な育ちのいい少年のように思われたのである。

一人の人間を理解することは、ありえないことだと私はずっと考えてきた。光の当てようで、その人の姿はさまざまに変容するものだ。歴史上の人物に対する正反対の見方が、そのことを示している。人は結局、他人を理解することなどできはしない。しかし、一瞬すれちがったときの印象は、それもまた一つの真実ではあるまいか。

彼と並んで写っている写真を見ていると、小学校の優等生のような感じがする。ネクタイをしめ、スーツを着たビートルズが、どこか社会の底辺から湧きあがってくるルサンチマンのようなものを感じさせるのとは、正反対の感覚だ。プラトンの音楽に対する意見は正しい、と彼は言った。兵士の銃口に花を挿す行為を、パロディーとしてやったというところに、彼の本質があるのではないかと思う。

記事は一九九〇年の『MUSIC MAGAZINE』四月号に掲載された。都はるみの特集と同じ号だった。

（『中央公論』二〇一六年十一月号、中央公論新社）

モハメド・アリの片影

（二〇一六年）

最初の記憶をたずねて

「でも、やっぱり食べようかな」

と、モハメド・アリは言った。ちょっと照れくさそうな表情だった。

たぶん一九七二年の春ごろのことだったと思う。場所は麻布の白亜館という御大層な名前の店だった。当時は雑誌の対談とか、グラビアの撮影とかによく使われたレストランである。今はもうない。

初対面のアリに、私が何か飲みものはいかがですか、とすすめると、彼は首をふって、

「私はいいです」

と、言った。では、食べものは？　ときくと、

「ありがとう。でもボクサーの仕事というのは、いつもウエイトの調整に気をつかわなきゃならないんでね」

丁重にそう断ったあと、ちょっともじもじして、思い直したように小声で言ったのだ。

「でも、やっぱり食べようかな」

白身の魚を少し、と彼は注文した。そして私にきいた。

「ミスター・イツキ、あなたは豚肉を食べますか？」

「豚肉？　ええ、食べますとも」

「どういうふうに料理して食べてるんでしょう」

「トンカツとか――」

「トンカ？」

「いや、トンカーツ。つまりパン粉をつけて油で揚げるやつ」

するとアリは、うなずいて体を乗りだすようにして言った。

「豚肉は頭痛の原因になるのです」

「ほう」

「低血圧の原因にもなります」

「？」

「あなたは有名な作家だそうですから、こういったことは勿論ご存知だとは思いますが、つまりそれらの害からのがれるためには、料理法が問題になるんですね。海底に棲むエビにも充分な注意が必要です」

宗教上の理由なのか、と私がけげんな顔できくと、アリはうなずいて語りだした。真情あふるる説得者、という感じだった。

「私はそれらのことを黒人のブラザーたちに教えて、彼らのクリーンな生活をつくりあげたいと願っているのです」

それから彼は、カシアス・クレイという名前を捨てて、モハメド・アリという名前を選んだことについて、きわめて政治的な説明をした。自分はそれまで黒人の本当の歴史を知らなかったのだ、と彼は言った。アフリカから奴隷として連れてこられた黒人の名前を、白人たちが暴力と金力でうばい取り、白人的な名前をつけた。カシアス・クレイというのも、そういう名前のひとつである。だから自分はその名前を捨てたのだ。なぜならわれわれ黒人は今や白人の奴隷ではなくて、自由な一個の人間だから。そうでしょう？

運ばれてきた白身の魚の身を、アリは黒い指先で丁寧に少しずつほぐして、さも大事そうに口に運ぶ。

私はふと思いついて、アリに素朴な質問をした。生まれてはじめて記憶に残っているのは、どんなことだったのか、ときいたのだ。

「最初の記憶？」

と、彼は魚の身をほぐす手をとめて、戸惑ったような表情をした。

「それは、どういうこと？」

「たとえばトルストイは、生まれたときに取りあげてくれた産婆さんの顔を憶えていた、なんて話があるでしょう」

「ああ、そういうこと。うーん、そうだなあ」

彼は首をかしげて真剣に考えはじめた。かなり長い沈黙のあと、アリは独り言のようにつぶやく。

「最初の記憶——か」

ずいぶん長い時間、彼は考えこんでいた。イメージだけでいいんですよ、と私が助け舟をだすと、アリはやがて顔をあげて、小さくうなずいた。

「えーと、うん、あれだな、そうだ」

そしてゆっくりと話しはじめた。

「あれはリンゴの樹だ。そうです、たぶん私が四歳のときだと思いますよ。つまり、私が四歳のころ、ケンタッキー州のルイビルという町の、ちょっとはずれのところに住んでいたわけですが、何か理由があって町の反対側のほうへ引っ越しをしたんですね」

　さっきの黒人問題について語っているときの生真面目な口調とはちがって、モノローグのようなおだやかな話しぶりだった。

「引っ越しをして、新しい家に着いてから、玄関をはいったら――いや、そうじゃない、ずうっと家の中を走り抜けて裏庭に出たんだ。そう、そしたらその裏庭にリンゴの樹が一本あったんです」

　しばらく沈黙があって、また話しだした。

「私はまっすぐ、そのリンゴの樹のところへ行って、その樹に登ったと思います。そしたら母が出てきて、怪我をするから早く降りておいでと叱られた――」

失礼、いまのはジョークです

　それから急にいろんな話になった。

　私が大学生のころ、体育の単位にボクシングを選択したことを話すと、アリは肩をすくめて笑った。

「あなたがボクシングを？　いったい相手はなんなんです。まさかオレンジか砂糖菓子を殴る気なんじゃないでしょうね」

「それはどういう意味ですか」

と、私は言った。むっとした口調になっていたと思う。

「ミスター・アリ、ボクシングにはヘビー級だけじゃなくて、フライ級というのもあるんですよ」

するとアリは、ジャブをあわてて途中で引っこめるようなタイミングで、すばやく、失礼、と言った。そして両手を合わせて、もちろん今のはジョークです、とつけくわえると、弁解するように、

「いや、誤解しないでください。私が言いたかったのはですね、あなたの印象が非常にデリケートで、これまでに会ったジャーナリストと全くちがうから、作家という職業を選ばれたのはボクサーになるよりはるかに賢明であったと思うということなんです」

約束の一時間という時間は、とっくに過ぎていた。二時間を過ぎても、アリはまだ話し続けていた。言語が問題だ、とも彼は言った。たとえばエンゼル・ケーキというと真っ白なケーキで、黒いケーキをデビル・ケーキという。脅迫はブラック・メール、ブラック・リスト、ブラック・マーケット、すべて白は善で黒は悪のイメージで表現される。黒人でさえも黒を嫌悪し、白に憧れる感性が植えつけられているではないか。

「私がボクシングをやっているのは、それによって世の中の耳、特にわれわれ同胞の耳をそばだてる力をかちえたいからです。私がフォスターをノックアウトしてアメリカに帰れば、人びとは私の言葉に耳を傾けてくれるでしょう。リング上で半分裸でボクシングをやっているのも、その一心からなんです。今のところイライジャ・モハマッドから止められているので宗教的な宣教活動はできませんが、今の時点では私が世界一強いボクサーとして活動できることで、助けになると確信しています。そしてジョー・フレーザーを倒すことが出来れば、私はボクシングはやめて宗教活動に戻りたいと思う。神様は私がなぜこのような活動をやっているかを必ず知ってくださっていると思います。必ずね」

そしてこれまでの人生で最も辛かった経験は、アメリカ政府からベトナム行きを拒否した際にチャンピオンシップを取り上げられたこと、そして妻と離婚したことだった、と、言葉すくなに語った。

アリについては、いろんな人から、いろんなひどい話を聞いていた。それもあるだろう。しかし、私がそのとき会ったのは、ひどくデリケートな一人の人間だった。雑誌にのったその対談を深沢七郎さんがとてもほめてくださった。なにかあい通じるものがおありだったのかもしれない。

（『中央公論』二〇一六年八月号、中央公論新社）

7
「あとがき」について

最初の小説『さらば　モスクワ愚連隊』を書いたのは、正確には一九六五年のことです。それを出版社に送り、『小説現代』新人賞に内定したという連絡を受けたのが六五年の暮れ。そして一九六六年春に雑誌に掲載されました。すぐに直木賞の候補にもなりましたが、六七年に他の短編と合わさって一冊になり、ぼくの第一作品集として刊行されました。

そのときに書いた長いあとがきは、これから自分が書いていく上での覚悟というか決意表明のようなもので、相当力を入れて書いています。普通だったら執筆の動機とか取材の苦心とかを書いて、最後に関係者へのお礼を書く、というのがマナーであり、あとがきのスタイルなんだけれどね。そのあとがきは、いってみればマニフェスト、その当時の青臭い意気込みだった。今でもその通りだと、初心を崩してはいない自負があります。

そこで「ぼくは文学をやる気はない、エンターテインメントをやるのだ」というようなことを書いています。それを書いた時代は、エンターテインメントという言葉があまり理解されず、こいつは変なことを書いているな、くらいの反応でした。第一、エンターテインメントに「ン」を入れず、エンタテイメントなんていっていた。校閲の人と「ン」を入れないの、入れるのとかのやりとりさえあったくらいですから。

当時エンターテインメントなんて言葉は、恥ずかしい、汚らしい、下品なことの代名詞だったのです。だからエンターテインメントをやるってことは、おれは汚れたことをやるんだよ、と言っているようなものでしたね。

東京新聞の夕刊コラム「大波小波」に、文学をやるつもりじゃない、エンターテインメントをやるって言い出した新人がいる。非常識だ、というニュアンスで書かれもしました。それから十年、二十年経って、エンターテイナーを目指す、と新人が堂々と言える時代に変わったんだなと思います。

ちょうどヴェトナム戦争をやっていた頃です。かなり意気込んだ文章ですけれど、このあとがきで主張しているのは、例えば月並みな形容詞とか手垢のついた比喩とか、汚れた言葉とされるものを率いて、自分の考えていることを正確に伝える。それがぼくの意図するところだ、と。月並みとか手垢のついた表現とかは、ふつう文芸や文学修業の中で忌避されます。つまり通俗というものをあえて自分の武器とし、自分の考えていることを娯楽の形で伝えたかった。

社会主義ソ連に対する幻影というか、それに対する批判というものがあったわけですね。ですが、批判というかたちで論文を書くのではなく、また生のかたちで物語にするのでもなく、一編の面白い、面白かった物語に託して、自分の思想というとちょっと大げさだけど、時代や社会に対する考えを語ろうとしたのが、『さらば　モスクワ愚連隊』でした。

『小説現代』、『小説新潮』、『オール讀物』という三つの雑誌は中間小説雑誌といわれ、それこそ鵺(ぬえ)的な存在だった。中間小説誌には北杜夫(きたもりお)とか三浦哲郎(てつお)とか吉行淳之介とか、いわゆる純文学といわれる人も多く執筆しているんだけれど、そういう人たちはそこではちょっと肩の力を抜いて気楽な小説を書くといった場だった。

逆にここを主力に娯楽小説を書く人は、軽く見られていたんです。だからこそぼくは、ここを自分の主戦場として選んだ。

こう宣言したことは、いまでも間違っていなかったと思います。その後、続々とここからいろいろな人が登場した。井上ひさしも、野坂如昭(あきゆき)も、そのあたりの雑誌が活動範囲でした。

しかしながら、いまだに通俗という言葉を、批判の言葉、貶(おとし)める言葉として使っているのが、不思議でなりません。昔は通俗科学入門とか、明治・大正時代、「通俗」とは単に「わかりやすく」という意味だったでしょう。「広く一般の人びとにとって」という意味であって、そこに蔑視の流れはなかったのに。いつの間にか、俗に媚びるというような語感になってしまった。

まあ最初の小説のあとがき以後、あれほど意気込んだ文章を書いていないけれど、何かあるたびにこれを読み返すんです。いまと違っていないか、いま言っていることが若書き（わかが）きと違っていないか、間違っていないか、それを再確認する。仕切り直しをし、初心を忘れていないか、ということを思って仕事をしています。

あとがき選

1967年『さらば モスクワ愚連隊』

1974年『かもめのジョナサン』

1978年『燃える秋』

『さらば　モスクワ愚連隊』あとがき

（一九六七年）

作家は自分の作品の背後に、沈黙して立つべきだろう。後記などで、すでに読者の手にゆだねた作品について何かを語ったりする事は、甘ったれた自己弁護でしかあるまい。それは蛇足というものである。だが、私は必ずしもこの蛇足というやつが嫌いではないのだ。そもそも、蛇足とはいったい何であるか。私には蛇にとって、〈足〉の存在が全く無用の蛇足とは思えないのである。視覚的にしか物を考えられない私は、この言葉に、文字通り無数の足を得て荒野を自在に疾走する〈足ある蛇〉を思い描かずにはいられない。おそらく、彼はもはや決りきった蛇行に拘束されず、直進し、柔軟に後退し、跳躍さえするだろう。つまり蛇足とは、蛇にとって余計なつけたしなどではなく、彼がそれを得る事で達成し得るであろう非日常的な可能性への夢であり、変身へのヴィジョンなのではなかろうか。私は時に自分を、疾走を夢みる一匹の蛇のように感ずる事がある。ここに私の最初の作品集、つまり自分の蛇行の軌跡を前にして、私が覚えるのは、そのような〈足なき蛇〉のもどかしさにほかならない。

私はもちろん、文学をやる積りでこれらの作品を書いたのではない。私が夢みたのは、一九六〇年代という奇妙な時代に対する個人的な抵抗感を、エンターテインメントとして商業ジャーナリズムに提出する事であった。ソビエトにおけるジャズ、日本における流行歌などで象徴される、常に公認されざる〝差別された〟現実に、正当な存在権をあたえたいと私は望んだ。エンターテインメントという形を借りて、自分をとりまく状況に一丁文句をつけてやろうと思ったのである。そこには永遠の主題などという大層なものは、何一つとしてなかった。私の主題は、すべて一九六〇年代という時代の表皮に密着し、時の流れと共に消え果ててしまうべきていのものばかりであった。

その意味で、この本は、私の軽薄な作品どもの墓標に過ぎない。それらは月刊雑誌に発表され読者の手に渡った時点で、一度だけ充分に生きたのである。ジャングルに人知れず朽ち果てる無名のベトコン・ゲリラの如く、それらは読み捨てられる光栄をになうべきであったろう。

この作品集におさめられた短篇は、すべていわゆる中間小説誌と呼ばれる「小説現代」「オール讀物」などに発表されたものばかりである。編集者諸氏が、これらの巨大な読者層をもつ雑誌に書く機会をあたえてくれた事は、私にとって単に受身の意味で有難かっただけではない。私はこれらのマス・コミュニケイションを、自分の戦場として主体的に欲したのだった。私は、これまでの概念とは逆に、自分の小説の方法を量の側から追求してみようと考えていたからである。そのために、エンターテインメントの要素であるカタルシスやメロドラマチックな構成、物語性やステロタイプの文体などを、目的としてではなく手段として採用する事を試みた。

　したがって、私は自分の作品を、いわゆる中間小説とも大衆文学とも思ってはいない。私は純文学に対応するエンターテインメント、つまり〈読み物〉を書いたつもりである。落語は〈はなし〉であり、ボリショイ・サーカスは〈見せ物〉である。チャップリンは〈喜劇役者〉、ビリー・ホリディは〈歌い手〉、セロニアス・モンクは〈ジャズメン〉であって、それ以外の何者でもない。文学に文学の思想と方法がある如く、〈読み物〉にも読み物の思想と方法があると思う。その方法を駆使して、言いたい事を言おうと試みたのだが、結果は目標へのもどかしい蛇行に終ったようだ。きたるべき一九七〇年代を前に、私はさらに私なりの方法をおし進めて行きたいと思っている。

　最初の作品「さらば　モスクワ愚連隊」を私に書かせたのは、その夏、モスクワで逮捕されたミーシャという少年への哀傷の念であるが、その後の全作品は、文字通りスタッフの方々と諸先輩各位の絶えざる激励叱咤の産物以外の何ものでもない。一篇の作品が発表されるという事の背後に、これほど多くの人々の無私の情熱とエネルギーの参与が隠されていようとは、私の想像を絶する事実であった。

最後になったが、わがまま勝手な作品を強く支持して下さった若い読者諸君に一言お礼の言葉をつけ加えておきたいと思う。

一九六七年一月

五木寛之

（初出『さらば　モスクワ愚連隊』講談社、一九六七年）

『かもめのジョナサン』あとがき

（一九七四年）

ひとつの謎として――『かもめのジョナサン』をめぐる感想――

ひと月ほど前に、「グライド・イン・ブルー」というアメリカ映画を見た。ハーレーの凄いオートバイが出てくる一風変った映画である。最後のシーンで、主人公の小男の警官がヒッピーに撃ち殺されてしまう場面を見ていて、なんとなく息がつまるような重苦しい感じがした。ただ重苦しいだけではなくて、どこか虚脱感をともなった哀切さのようなものもあったような気がする。

その映画を見終って帰る途中、ずっと「イージー・ライダー」のことを考えていた。「イージー・ライダー」では、オートバイに乗ったヒッピーが保守的な南部の男たちにショットガンで吹っ飛ばされるのだが、「グライド・イン・ブルー」では、それが逆になっている。白バイに乗った若くて、いささかおっちょこちょいな警官が、麻薬の運び屋をやっているヒッピーに銃で撃ち殺されてしまうのだ。それも免許証を忘れたヒッピーに、そいつを届けてやろうと彼らの車を追っかけている最中にである。ここでは暴力がヒッピーの側から行使される。撃たれた警官の死にざまも、いっこうにぱっとしたものではない。ぶざまな、間の抜けた殺され方なのだ。それはあのピーター・フォンダのバイクが弾かれたように空を斜めにすっ飛ぶラスト・シーンの恰好のよさとは、まるでくらべものにならない。

この二つのアメリカ映画の間にある、ほんの数年間にしか過ぎない時の経過には、とほうもない深い裂け目がぽっかり口をあけているような気がする。ドロップアウトする若者がアメリカの痛ましい自由と夢の象徴として描かれた「イージー・ライダー」の時代には、苦しみはあっても、どこかに或る明るさもまた漂っていた。そこにはまだ確かな脱出口が見えていたはずだ。たとえ犠牲を必要とする途であったとしても。

だが、「グライド・イン・ブルー」に描かれた世界は、私たちの時代が、いやおうなしに直面せざるを得ない、醒めた、不快な、ざらざらした手触りの現実である。この二つの映画の間に、もうひとつ、「ファイヴ・イージー・ピーセス」をはさめば、そこに余りにも素早く風化して行く私たちの時代の透視図が描けるだろう。それは決して後味のいい作業ではない。ここにはまさに「第三期」のロスト・ゼネレイションともいうべき精神的な真空状態が広がっていて、何かを強く呑みこみたがっているようだ。

「かもめのジョナサン」もまた、こういう時代の物語である。現代の「星の王子さま」みたいな本だと人づてに聞かされて、手に取ってみると、かなりこれは違った種類の本だった。たしかにサン＝テグジュペリも、「かもめのジョナサン」の作者のリチャード・バックも、プロの飛行機乗りで、いわゆる作家らしくない作家とはいえる。「星の王子さま」と「かもめのジョナサン」とが、寓話のかたちをとった作品であることも似ているといえばそうだ。しかし、両者の間にはどこか異質のものがあって、その違った部分を掘りさげて分析して行けば、かなり厄介な仕事になるだろうという気がしないでもない。

私は最初、この短い物語を読みすすんで行くうちに、何となく一種の違和感のようなものをおぼえて首をかしげたものだ。この本はアメリカ西海岸のヒッピーたちがひそかに回し読みしていて、それが何年かのうちに少しずつ広がってゆき、やがて一般に読まれるようになった、と何かの雑誌で読んでいた。カモメの写真が沢山はさまった薄っぺらな本で、大した宣伝もしなかったのに何年かたって爆発的に読まれるようになった、という話も耳にしていた。そういうニュースから、私の側に或る先入観のようなものができていて、実際に少しずつ読み進んで行くと、かなり前に考えていた種類の物語と違っている感じが私をとまどわせたのだろう。アメリカは再び英雄を待ち望んでいるのか、と、奇妙な気がしたものだった。この物語の主人公であるジョナサンというカモメ君は、実際、相当の頑張り屋さんなのである。しかも頭もよく、向上心もつよい。おまけに「愛」することの意味までもちゃんと知っている大したカモメなのだ。そのジョナサンが、他の仲間のカモメたちを見る目に、どこか私はひっかかったのだった。ジョナサンにとっては、食うことよりも飛ぶことの方が大切なのである。それだけではない。飛ぶだけでなく、飛ぶことの意味を知り、さらにそれを超えることすら彼の求めるところとなるのである。そして、さまざまな苦しい困難な自己と外界との闘いの末に、彼は完全な自由を吾がものとした光り輝くカモメとなって暗黒の大空へ飛び去って行く。

そんな大したカモメに、ただただ感心して、ひとつおれも食うことにあくせくするのは今日限りでよして、生きることの本当の意味を探る旅へ出発しよう、などと素直に反応するほど現代の私たちは単純ではない。さきにあげた三つの映画を通過してきている私たちであればなおさらだ。すでに私たちは恰好よく吹っ飛ぶイージー・ライダーの死よりも、間抜けな死にざまをさらす小男の田舎警官の死に強い感慨をおぼえる立場にいるのである。

しかし、最初のそういった抵抗感も、最後まで読み通してみると何となく気にならなくなってしまうところが、この物語の巧妙さなのだろう。たまたま里帰りしていたヘンリー・ミラー氏夫人のホキ・徳田女史は、話がこの物語のことに触れると、くしゃくしゃに顔をゆるめて、「かわいいわねーえ、あのカモメ！」と、叫ぶように口走ったものだった。

井上謙治氏の書かれた文章によると、特異な作家として私たちの間にも宗徒の多いレイ・ブラッドベリーは、この作品のことを「読む者がそれぞれに神秘的原理を読み取ることのできる偉大なロールシャッハテスト」だと語っているそうだが、まあ、それこそ評価のしかたにもいろいろあるな、という感じで、私自身はもっと明快単純に物語に即して、面白がったり笑ったりといった読み方を楽しんだほうである。この主人公のカモメにキリストの姿を見たり、現代のバイブルのように言ったりするのも、いささか気骨の折れることのような気もする。むしろ第一章で、いろんな曲技飛行を試みては失敗して、両親をはらはらさせたり、自己嫌悪におちいったりするジョナサンの少年っぽい可愛らしさ、おかしさこそこの物語の最も魅力的な部分なのかもしれない。もちろん、自分で飛行艇を買いこみ、日夜それを最愛の友として暮していているという作者らしく、ジョナサンが未知の飛行技術に挑むあたりの描写は、何とも現実感があふれていて、中年男の私でさえちょっと胸のはずむ感じもある。

しかし、私はこの物語が体質的に持っている一種独特の雰囲気がどうも肌に合わないのだ。ここにはうまく言えないけれども、高い場所から人々に何かを呼びかけるような響きがある。

それは異端と反逆を讃えているようで実はきわめて伝統的、良識的であり、冒険と自由を求めているようでいて逆に道徳と権威を重んずる感覚である。第二章、第三章と、後になるにしたがってユーモラスなところが少なくなって行くのも奇妙な感じだし、奇妙といえば、この物語の中に母親を除いてただの一羽も女性のカモメが登場しないのも不思議である。後半では完全に男だけの世界における友情と、先輩後輩の交流だけが描かれる。食べることと、セックスが、これほど注意ぶかく排除され、偉大なるものへのあこがれが上から下へと引きつがれる形で物語られるのは、一体どういうことだろう。総じてジョナサンの自己完成が、群れのカモメ＝民衆とはほとんど切れた場所で、先達から導かれ、さらに彼が下へそれを伝えるという形式で達成されるのも、私には理解しがたいところなのだ。彼の思う「愛(ラヴ)」には、どこかチャリティショウの匂いもしないではない。ここにあるのは、私の思い描く「良きアメリカ」ではなく、アメリカがいまノスタルジーを感じつつある「古き良きアメリカ」の姿なのではなかろうか。この物語を翻訳するにあたって、私はアメリカから朗読のレコードや、ニール・ダイヤモンドが作曲し、みずから歌っているサウンド・トラック版などをとりよせ、何度となく聞き返した。それは聞けば聞くほど憂鬱(ゆううつ)になってくるしろもので、朗読は声を震わせて時代劇のセリフみたいだし、レコードはまるで古い映画の「スパルタカス」あたりの音楽を連想させるのである。フルオーケストラはワーグナーでもやりかねない勢いで重々しく響き渡るのだ。偉大、荘重、神秘、高揚、そういった感じを必死になって表現しようとしている具合なのである。かつて一九三〇年代に、人々はそういうものを求めたことがあった。いま、アメリカの民衆は一体なにを待望するのだろう。いや、それはアメリカだけのことではないのではなかろうか。

およそ翻訳という作業において、原作への共感と尊敬が不可欠であることは、私も知っている。しかし私はただ不満と反撥からこの仕事をはじめたのではなかった。そこには事実、体を灼くような強い関心もまたあったのだ。私が心を動かされたのは、この短い物語が、いま、この一九七〇年代に、アメリカの大衆の中で、凄まじいほどの支持と共感を集めつつあるという、疑いもない事実だった。いま、人々は何を待ち望んでいるのか？　この物語が「日本沈没」などとは比較にならない多くの読者をかちえた、その魔力は何なのか？　それはアメリカをこえて、世界に広がりはじめる傾向なのか？　大衆の求めるものが、この物語のさし示すものと重なるとすれば、そこには或る怖ろしい予感がよこたわっている。あえて私が不慣れな仕事に手を出したのは、それをこの手で確かめてみたいという、強い欲求からだった。大衆的な物語の真の作者は、常に民衆の集団的な無意識であって、作者はその反射鏡であるか、巫女（ミコ）であるにすぎないとする私の立場が正しければ、この一つの物語は現在のアメリカの大衆の心の底に確実に頭をもたげつつある確かな潜在的な願望のあらわれと見なすべきである。いま私の想像力を深いところでしきりにつついているのは、この物語が、わが国で果してどのように人々に受け入れられるか、それともどのように拒絶されるか、その一点にかかっている。それにしても私たち人間はなぜこのような〈群れ〉を低く見る物語を愛するのだろうか。私にはそれが一つの重苦しい謎として自分の心をしめつけてくるのを感ぜずにはいられない。食べることは決して軽侮すべきことではない。そのために働くこともである。それはより高いものへの思想を養う土台なのだし、本当の愛の出発点も異性間のそれを排除しては考えられないと私は思う。管理社会のメカニズムの中で圧殺されようとしている人々が、この物語にひとつの脱出の夢を托するという可能性もわからないではないが、しかし、それにしてもこの物語の底の底には、何か不可解なものがあるようだ。たとえば、天国に昇ったカモメは、なぜみんな純白に輝くのか？　原作者には意図的なものはないにちがいない。しかし潜在的に何かがある。それは小さな問題ではないはずだ。ポピュラーに読まれる物語を馬鹿にすることはやさしい。しかし、私がいちばん嫌いなものも、その〈馬鹿にする〉という姿勢なのだ。私はこの巨大な読者をかち得た一つの物語を、強い抵抗を抱きながらも全力をあげて考え、そこからさまざまなものを発見したような気がする。

翻訳についてつけ加えておけば、これはいわば創作翻訳＝創訳ともいうべきもので、小さな部分は自由に日本語に移しかえる姿勢をとった。カットした単語もあり、原文にない表現をつけ加えた場所も多々ある。それはこの原書がきわめて平易な文章で書かれ、自由に入手できるという点から、原文に即して味わいたい読者は、直接それに触れることが可能だと思ったからである。

最後に、この物語を訳するに当って、有益なアドバイスをあたえて下さった畏友A・ホルバト氏、上智大学のジョセフ・ラヴ氏、千葉大学の国重純二氏、中川久美女史、その他の方々に心からお礼を申上げたいと思う。

（初出『かもめのジョナサン』リチャード・バック、五木寛之訳、新潮社、一九七四年）

『燃える秋』あとがき

（一九七八年）

以前、私は〈凍河〉という長篇小説を書き終えた後の作者の感想として、こんな意味の発言をしたことがあった。

〈革命だの学問だのが男子一生の事業であるならば、男と女の惚れたはれたもまた人生の大事業だ〉

その考えは今も変ってはいない。それどころか、年を重ねるにしたがって、ますますそう思うようになってきた。勿論、男にとっての大事は、女にとっても同じである。だが、私たちの国では、古くから男は義に生きるものとされてきた。そして、女は愛に生きることを良しとされる雰囲気が濃厚だったと言ってよい。アントン・チェホフの〈可愛い女〉を、女の理想像とみなす人々は、チェホフのあの作品の背後にひそむ痛烈な批評に気づかないか、もしくは故意に見て見ぬふりをしているかのどちらかだ。

人はおのれの望むすがたを鏡のなかに見る。私たちは長いあいだチェホフの喜劇のなかにか。

悲劇を見ず、ドストエフスキイの悲劇のなかに喜劇を読もうとはしなかったのではあるまいか。

時勢に背を向けて、愛に生きる男がいても一向におかしくないように、義に生きる女がいて悪い理由がない。つきつめていけば、義というのもひっきょう一つの愛のかたちだからである。おんなの業だの、本能的な愛だのに溺れることのできない女のことを、人々は頭デッカチな女と言う。子宮で生きる女にくらべて、彼女らは常に評判が悪いようだ。だが、お尻デッカチな女ばかりが女ではない。母性本能だけが美しいのでもない。義のエロチシズムというものも、またあるのである。

私は女を描くのが下手な小説家であると自分で言ってきた。だが、それは小説を書く上での私の狙いでもある。私のなかには何か言いたいものがある。文句をつけたい気持がある。私はそれを小説という形を借りて活字にしようと試みてきた。したがって小説家のふりをしてはいるが、私は作家ではない。作品の形をこわしてでも、言いたいことを第一義に書いてきたからだ。したがって私の書くものは小説というよりも、むしろ評説と称したほうがいいのかもしれぬ。したがってヒロインの肉感的実在感を描こうなどとは、最初から思ってはいない。もしも頭デッカチのエロチシズムが可能ならば、評説の実在感というものもあり得るのではないか、というのが私の選んだ道なのだから。

あとがきにふさわしからぬ屁理屈はさておいて、当節は愛とか、恋というたぐいのものは流行歌の世界以外では流行らぬものの一つだが、私はあえてそれを書いてみたいと考え続けてきた。しかも最もポピュラーな物語としてである。ボリス・ヴィアンの〈日々の泡〉という作品は、かつての私にとってきわめて新鮮なメロドラマだったが、今の私にはああいった書き方はいささか古風に思われる。雑誌〈野生時代〉に連載中、表題の横に、〈ア・ボーイ・ミーツ・ア・ガール・ストーリィ〉という文句をそえたのは、単なる照れ隠しではなかった。

いずれにせよ、この物語が一冊の本になるまでには、数多くの人々のアドバイスと協力が隠されている。担当の見城徹氏、出版担当の佐藤吉之輔氏、また取材にお手伝い頂いた川島義行氏、テヘランで御世話くださった石川元氏、杉原正則氏、肥土和彦氏などの各氏に心から感謝してあとがきの筆をおきたいと思う。

一九七七年冬　横浜にて

著　者

（初出『燃える秋』角川書店、一九七八年）

8 講演について

ぼくは講演を非常に大切にしているほうです。人に向かって話をすることがすごく大事なことだと言うのは、表現の基本だと思うからです。一期一会で出た言葉は訂正がききませんが、その場で声に出して語ることが大事なのではないでしょうか。

中国の唐の時代に、慧能（えのう）という南宋禅のお坊さんがいました。中国禅宗の初代達磨大師から数えて六代目の禅僧です。この人が、初めてお説法をするというので、各地からいっぱい人が押しかけるんです。幾晩かにわたって語った慧能さんのこの講演が、一大センセーショナルを巻き起こし、それが『六祖壇経（ろくそだんきょう）』という本になります。

広州を訪れた折り、中国で一番有名な本屋さん「新華書店」に行ったら、そこにすごい漫画本があった。慧能の講演『六祖壇経』をもとにした漫画で、なんと中国全土で一千万部売れているという大ベストセラーなんだよね。ぼくも一冊買ってきましたが。

誰々がどこそこで語った、というのがとても大事なんです。ブッダが須弥山(しゅみせん)に若い宗教家を集めて定期的にお説法、つまり講演をする。それがのちに万巻の仏典になっていくわけですからね。

人を前にして語りかけるということは、それが十人の聴衆でも一万人の聴衆であっても、非常に大事なことだと思います。声に出して伝わるものというのは、後で活字に起こして伝わるかというと、伝わらない。

話し手の身振りとか表情とか雰囲気とか声とか、そういうものが全部合わさって講演なんだから。言葉はそのうちの五割くらいしかないと思う。あとの五割はビジュアルなものだったり、聴覚で捉えるものだったり。そういうものが人々に直接コミュニケートしていくんですね。全人間的なコミュニケーション、その人の着ている服まで、全部が伝わってゆく。

例えば哲学書でも、大学の先生が学生に講義したものがもとになっているものが非常に多いんです。学校の授業も一種の講演だから、それは講演録です。

柳田國男の『涕泣史談(ていきゅうしだん)』という本があります。日本人の「泣く」ということへの考察なんだけれど、これは、もともとは講演なんですね。講演録を起こし、あとから手を入れて著作集に入れたものだそうですが、非常に面白い。『遠野物語』も柳田さんの名著ですが、これは佐々木喜善という人が柳田さんに話して聞かせたものです。佐々木さんも遠野のおじいちゃん、おばあちゃんから囲炉裏端で話を聞いたんでしょう。それを自分の頭の中で整理し、柳田に話した。柳田は佐々木喜善から聞いたその話を自分なりにまとめ、そうして出来上がったのが『遠野物語』。聞き書きです。耳で聞く言葉の力です。

だからぼくは、言葉を字で書くのと同じように、いやそれ以上に人前で話すということを大切と思っているから、講演を頼まれれば、できるだけ行くようにしています。「聞く」といえばラジオがあります。地方に行くと「ラジオ深夜便」を聴いていますと言ってくださる人がいっぱいいる。ただ、ラジオで伝わるのは、残念だけど声だけなんだよね。声だけでも夜明け方にイヤホンで聞く話は、文字を読むのとは違うものがありますが。

講演は独演ではなく、共同作業です。講演者がどっちの方へ話をもっていこうか、引っ張っていくのは、聴く人の姿勢に関わっているのです。話し手と聴き手、両方の相互作用で講演が成り立つ。それがまた大事なんですね。

伝承法というのは、そのようにして物事が発展していく形、独演ではダメなのです。書いたものより、話したもののほうが価値がある、というのはそういうことです。話し手と聴き手の共同作業なのだから、講壇だけにスポットライトが当たっているような真っ暗な会場はダメです。後ろの人の表情までが見えないといけない、というのがぼくの思いです。

ところで講演といえども、先方の希望はさまざまです。

昔、大阪でこんな依頼がありました。話の中身はどうでもいいから、なるべく長い時間でやってください。大盛りでお願いします、と（笑）。

かと思えば、あの、お話は長くても短くても結構です、お名前さえあれば、というところもあります。

そんななかで福岡は、ものすごく反応がいい、というか調子がいい。講壇に出る前から、手を叩く人がいたり、ちょっとしたことですぐ笑う。ぼくは福岡の人間だから、それがよくわかるし、やりやすいです。

何度目かの講演会に呼ばれた時、主催者側の一人に「この間の先生のお話、生まれて初めて聞いて感激しました」と言われた。同じ話をしてはまずいので、その時の話はどんなものでした？　と聞いたところ、「いやあ、すっかり忘れました」。

福岡は、すごくスッキリしていてわかりやすいですね（笑）。


仙台の東北福祉大学というところに講演に行った時のことです。聴き手は、真面目な学生たちでした。初めての所では、聴衆を見てその時の気分で話すことも多く、ちょうど行きの車中でヴィクトール・フランクルの『夜と霧』というアウシュビッツの本をずっと読んでいたので、その本の話をしました。

いろいろ話をした後、今日の話はこれで終わります、と言ったのですが、あまり拍手がない。パラパラっていう程度でした。すぐにガタガタとみな立ち上がり、会場を出ていった。ああ今日の学生には、この話は伝わらなかったんだな、と思いました。面白い話を期待して聴きに来たのに、陰気な話をしてしまったなあと後悔もした。今日の講演は失敗だったと思って帰宅しました。

それから一週間くらいたった頃、手紙がポツンと届いた。

「あの話を聴いた時に、とにかく席を立てないほどの感動を覚えた。いい本とのご縁もできて、感謝しています」という内容だった。

ふ〜ん、と驚いた。それから二日おき、三日おきに、ポツンポツンと何枚もの手紙が来て、同じようなことが書いてありました。

そんなに感動したなら、その時に手を叩いてよ（笑）と思ったりもしたけど、そうじゃないんだ。聴く前から立って喜ぶ九州の人たちと、感動がジワーッとあとからくる東北の人たちとは、思いを表すかたちが違うんでしょうね。

人が本当に感動した時に、スタンディング・オベーションとかじゃなく、んんんっと首をひねったまま、腕組みして終わることもあるのです。拍手もないような講演でも大事にしなければいけない、とつくづく思い、このことは、自分の生涯の体験の中で深く感じたことでした。

この間、何十年ぶりかで早稲田に行きました。早稲田大学文化構想学部の主任教授が、堀江敏幸さんといって、芥川賞や野間賞など、すごく重要な賞をたくさん受けている作家です。そのかたが指導している、将来の作家、評論家、ジャーナリストなどを育てる学生たちの集まりらしい。

みんな清潔感があり、とてもよい若者たちで、話もよく聴いてくれるし、ぼくは非常に好感を持ちました。

だが、ちょっと早稲田らしくないなぁとも思った。なにせ、あまりにみんないい若者たちだったからね。

ＤＪ五木のライブ・トーク

1979年

歌いながら夜を往け

（一九七九年）

こういうときは、もっと議論したほうがいいんじゃないか、ほんとうに世のなかってのは、力だけなのか、金だけなのか。

五木　こんばんは、五木です。きょうは夜中に始まるというのに、ほんとうにありがとう。朝の一番電車の時刻まで（笑）、大変だろうとは思いますが、おつきあいください。じつは、おととい東大へ行ってきたんです。入学式で記念講演をやれっていうもんだから。ぼくは、東大どころか大学をまともに卒業していない人間ですから（笑）、入学式なんか行ってどうなるんだろうと思ったんだけれども、場所が武道館だっていうんですね。ビートルズがあそこでやったし、ローリング・ストーンズもあそこでやるはずだった（笑）、そういう場所へ一度登ってみたいと思ってたんで、引き受けたわけです（爆笑）。前に赤平（あかびら）とか留萌（るもい）、北見といった北海道の町を回りました。赤平なんていう、さびれた炭鉱の町というのはものすごくきれいなんですね。

筑豊もそうですが、炭鉱の町というのは、活気があって栄えているころは、石炭を洗うものだから川は真っ黒に濁り、空は煤煙でいつもどんより暗く、ボタ山は次から次へと捨てられるボタのために、地肌が黒々と盛り上がって殺伐（さつばつ）としている。活気はあるけれども、真っ黒な世界なんです。

で、閉山が相ついで炭鉱労働者が離職していくと、洗炭が行なわれなくなって川の水も澄んでくるし、ボタ山には緑の草が生い茂って、稜線が雨で溶けて流れていって、〝まろやかに子供来て寝る何とやら〟っていう感じになるわけ。

その美しいボタ山の残骸を、ぼくは気どって〝緑の柩（ひつぎ）〟って書いたことがありましたが、そういう牧歌的ではあるけれども、たしかに一つの生命が死滅したという感じの地方の講演会場へ行くと、ある心の安らぎがあるわけですね。大学あたりへ行って、ヤジられながら講演するよりずっといい（笑）。

人口五万から八万人ぐらいの町で、多いときには二千人以上のお客さんが来てくれた。自転車で山越えて来てくれるわけですね。

このあいだも、ある所で講演が終わったあと、宿泊施設へ送ってもらう車のなかで、主催者の方が、労をねぎらってくれたんでしょうが、「この町でこんなに人が集まったことはありません。千二百人はいったから前代未聞です」っておっしゃってくださった。

そしたら、運転手さんがぼくとつな方で、〝巧言令色少なし仁〟の正反対って感じの方なんですが、その方が「そんなことはない。ピンク・レディーが来たときは千六百人以上入った」って、訛の多い言葉でおっしゃるわけです（笑）。それで主催者の方があわてて、「あれは二人だから、二で割れば一人八百だ」って（爆笑）。

今年はこの論楽会をはじめとして、わりと積極的にあちこちでしゃべってみようと思っています。

どうしてそんな気になったのか。論楽会のポスターにもありましたが、「なぜ、〈現在〉なのか」ということですね。

たとえばこんどの、ベトナムと中国の戦争で、これまで進歩派と呼ばれていた人々がゲンナリとしてしまって、「どういうふうに考えていいのか理解できませんねえ」なんて弱音を吐いたり、突然激しく、「いままでアメリカを非難しなかった人間にベトナムを非難する権利はない」って居直ったりという現象が見られる。

まあ、一種の混乱と沈滞と激昂のなかで、結局社会主義も共産主義も、そして資本主義も、みんなだめだなあって実感する人が、増えてきたように思うんです。みんなが、一種冷笑的になってる雰囲気がありますね。

たしかに昨年の暮れあたりから、意外としかいいようのない感じの、国際的な事件の連続だったわけです。

中国とアメリカが親密につきあっていく、そして日本の保守政権が中国と友好条約を結んで、国交を回復する……。かたや、戦争にかわって民族自決の道を歩み始めたベトナムは、中国と国境付近で紛争を始める。ついこのあいだまでは、中国の援助でもってアメリカに対峙していたはずなんですけれどもね。

こんどはカンボジアがどうにかなって、ベトナムからカンボジアへ軍隊が入っていく。イランでは、ああいうふうな形で回教革命が起こる。どんなに民衆が頑張っても、あのパーレビ体制っていうのは崩れないだろうっていわれるほど厳しい情勢だったわけですけれども、そのパーレビ国王が飛行機で逃げ出しちゃった。

まあ、大変ドラマチックな事件が世界の各地で相ついだわけです。

国際政治は力なんだ、パワー・ポリティックスだ、と。権力を握ったものが勝ちなんだよ、と。あるいは、金で世のなかは動くんだよとかね。そうであってほしくはないけれども、現実はそうなんだというムードがある。

　ぼくの知ってるある放送局の中堅の報道マンに、「最近どうしていますか」って訊いたら、「いや、いまの世界ってのはひどいものだ、ぼくはもうおりた」って。で、「おりて、何やってるんですか」っていったら、「バード・ウォッチングやってるんだ」って（笑）。あれは、大変おもしろいんだそうですね。つまり、テント張ってそこから一日中鳥を見てるわけです。ぼくも野鳥の観察っていうのはおもしろいだろうなあとは思いますけれども、現役のバリバリのジャーナリストに、そうあんまり鳥ばかり眺められてたんじゃ、読者のほうとしてはちょっとね、困るところもあるわけでして（笑）。

　こういうときは、もっと議論したほうがいいんじゃないか、ほんとうに世のなかってのは、力だけなのか、金だけなのか。権力握った者が勝ちなのか。そういう話を、もっと突っこんでやったほうがいいんじゃないかと、ぼくは思い始めたんです。

論楽会というのは、議論を楽しむというか、音楽や映画から、芸能にいたるまで、いろいろな行為でコミュニケートしようということなんだ。

五木　ぼくは、世のなかってのは、つねに相対的なものだと思ってますから、世のなかが力だけだとは、絶対に思わないわけです。それから、正義がかならず勝つとも思わない。正義が負ける場合だってある。それに、何が正義かってことも、じつはあやふやではっきりしないわけですね。

いまの世界の状況は、卵が転がっていって、テーブルの縁から落ちそうになりながら、きわどく止まっているって感じだけれども、ほんとうはだからこそしゃべらなきゃいけないんでね。

まわりの友だちや若い連中が、「オレはつくづくこの世界の状況がいやになった。あとはもう趣味の道で焼物でもやるか、バード・ウォッチングでもやるか、それとも子どもの成長でも見守って暮らすよ」っていう感じになってくることに対しては、「おい、ちょっと待てよ」という気持がね、どこかにあるんです。

まわりが政治的で、硬直していたころは、ぼくのほうはマージャンやってたわけですけれどもね（笑）。

だから、まあ二、三人の仲間と話すのもいいけれども、機会があったらきょうの論楽会みたいな形で、やってみたいと思ってるわけです。

論楽会というのは、まあ、議論を楽しむというか、音楽や映画から、芸能にいたるまでのものを、いろいろな行為でもって、コミュニケートしようということなんです。

それを、ストレートに政治を語るとか、オピニオンリーダーといわれる人たちのように、大所高所から論ずるということではなしに、歌ひとつ聴いても、その歌にはぼくらとぼくらの未来のすべてが反映されているんだ、そういうものと無関係なものは、何もないんだということを、少しずつはっきりさせていきたいという気がするんですね。

この歌をレコードにして、はたして売れるだろうかっていうプロデューサーの判断のなかにも、じつは世界の未来像そのものにかかわる認識があるはずだと、ぼくは思うわけです。

それを悲愴にやるんじゃなくて、ときには笑いながら、ときには泣きながら、もっと人間的にね、しかも急いじゃだめなんで、ゆっくりと。

一歩後退よりは、半歩前進のほうがいいに決まってるんだから、そんなふうにやっていこうと思うようになったんです。

世のなかに起こりえないことはないけれども、起こしたくないことはあるという……、小さな声でNOというだけでも、あるいはBUTという、しかしオレは違うなっていう呟きだけでもね、保留しておきたいと最近考えてるわけです。（それではこの後の討論と歌を楽しんでください。）

（初出『GORO』小学館、一九七九年）

9　ロシア文学について

（二〇〇五年）

軽小短薄の時代とロシア文学

最近、ロシア文学を読む人が少くなっているという。私が若いころ学んだ大学のロシア文学科も、入学志望者がめっきり減っているらしい。

しかし現在でも、書店の文庫の棚にはかなりロシア作家の作品が並んでいる。とはいうもののドストエフスキーにトルストイ、そしてチェホフという、いわば定番といっていい顔ぶればかりである。

私の見るところでは一般的にロシア文学に対する関心が薄れたかといえば、そうでもなさそうだ。ショーロホフやアクショーノフといったソ連時代の人気作家こそ読書人の視界から去ったものの、ドストエフスキー論はあいかわらず文芸研究業界の必須アイテムである。

チェホフも芝居の世界では変らずに人気を集めているようだ。数年前に、原田美枝子、筒井康隆という異色の配役による『かもめ』を観たときも、小劇場ながら超満員の盛況ぶりだった。

ひょっとすると、いま私たちが目にしているのは、いわゆるロシア文学が読まれなくなったというより、ロシアの政治、経済、歴史、科学などを含めて、ロシアそのものへの関心が失われつつあるという現状なのかもしれない。

ロシア語を学ぼうという学生たちが極端に減って、中国語や韓国語がブームのかたちを呈しているのも、そのあらわれだろう。

さらにもう一つ、十九世紀ロシア文学の特性である重厚長大さが、軽小短薄をよしとする時代の流れにそぐわない、という側面もあるのかもしれない。

「長い」「重い」「むずかしい」というイメージが、ロシア文学には昔からつきまとっていた。そして、かつてはそれ故にこそエヴェレストの難所にチャレンジするような気構えでロシアの小説をひもとく読者も少くなかったのである。

大学一年の夏、二十歳の私は『戦争と平和』全巻を夏休み中に読破する計画をたてた。トルストイの不朽の名作、などと称されるわりに、ちゃんと読み通した人がほとんどいないことに気づいたからである。いまにして思えば、若者にありがちな青くさいカッコつけにすぎない。もちろんその計画は、長篇の半分までいかぬうちに挫折した。

それ以来、『戦争と平和』のことを何かの機会に口にすることはあっても、最後まで読み通していないうしろめたさのために、発言に歯切れの悪さがつきまとうのだった。

おそらく翻訳者や研究家以外で、この長篇を一気に読破した人は、そう多くはいないのではあるまいか。

大学生のころ挫折した『戦争と平和』への再挑戦は、三十代の後半になってようやく果たすことができた。

その読書感は、ひとことで言って、

「長すぎる」

と、いうのが本音である。それはブラームスやベートーベンの交響曲を聴くのと共通の感想といってもいい。それぞれに偉大ではあるが、長すぎるのだ。そういう言いかたは、すこぶる芸術的ではないだろう。そのことを十分わきまえた上で、やはり率直にいってついていけないところがあるのである。

「偉大な作家」を生んだ時代

一九六五年の夏、私は横浜港からバイカル号という船でナホトカに着いた。そこからシベリア鉄道の旅がはじまるのである。

それはずいぶん呑気な長距離列車だった。客室付きの女車掌がいて、朝になるとサモワールで紅茶を運んできてくれる。列車は行けども行けども果てしない荒涼とした大地を走り続ける。

ときどき停車するが、いつ発車するかはわからない。男の車掌が釣り竿をもって列車を離れたと思ったら、しばらくして奇妙な魚をぶらさげて帰ってきた。後部の車掌室は、さながら彼の下宿部屋といった感じだった。そこのコンロに鍋をのせ、魚をほうりこむ。

「なんという魚？」

と、片言のロシア語できくと、

「オームリ」

と、答えが返ってきた。

「こいつでウォッカをやると旨いんだよ」

と、いっているらしい。

「あんたも、やるか？」

「ニェート・スパシーバ」

どこかインテリっぽい屈折した感じのある車掌だった。勝手にウォッカを飲んで、なにか口ずさんでいる。

「ロシア民謡か？」

「ちがう。エセーニンだ」

そのころはエセーニンという詩人のことは、よく知らなかった。あとになって彼が首をつったサンクト・ペテルブルクのホテルに泊って、エセーニンについていろいろと教わった。

その車掌が部屋を出ていったあと、机の上にやけに分厚いロシア語の本があるのに気づいた。表紙を見ると、『ヴァイナー・イ・ミール』と印刷されている。『戦争と平和』だと、一瞬あって気がついた。

それが一九六五年の初夏のことだった。

後になってその旅のことを思いだすと、かならず枕のように分厚い『戦争と平和』のロシア語本が瞼に浮かんでくるのである。

かつてアメリカを訪れたとき、旅行者がおそろしく厚いペイパーバックをたずさえている光景をよく見かけたものだった。飛行機の旅にせよバスや列車の旅にせよ、アメリカ大陸の旅はおそろしく長距離である。東海岸から西へ大陸を横断するだけでも大変だ。その長い時間をつぶすには、よほど長大な物語でなければ役には立つまい。

かつてアメリカでは短篇はあまり歓迎されない、という話があった。当時のアメリカ大衆のニーズにこたえるには、べらぼうに長い小説が向いていたのだろう。ミステリーにしろロマンスにしろ、アメリカにおける長篇志向の背景には、広大な国土と長時間の旅が大きな要素としてあったのではあるまいか。最近のアメリカで短篇が読まれる傾向が出てきたのは、交通手段の高速化と、生活様式の変化が影響しているとも考えられる。時間の止ったようなリゾート地のプールサイドで、日がな一日、本を読みふけるような優雅なアメリカ人の休日は、すこしずつ良き時代の思い出と化しつつあるからだ。

話がそれたが、シベリア鉄道のいっぷう変った中年車掌が『戦争と平和』を車中にたずさえていたのは、まさしく正解であったように思う。くる日もくる日も荒野と森林の続く旅の道づれとしては、『戦争と平和』こそ最良の物語だったにちがいない。

この「長い」という点にこそロシア文学の魅力があると私は思うのだが、やはりなんとなく気の重いところもないではない。ドストエフスキーも「長い」ことでは負けていない。ソ連時代も『静かなドン』を筆頭に、「長い」小説がいくつも書かれた。ソルジェニーツィンもやはり重量級の作家である。

現代に「長い」小説はフィットしない、などと言っているわけではない。私が考えているのは、「長い」ことを認めた上で、その長さをどう楽しんで読むか、という工夫である。長い作品をうんざりせずに読む、それは決してむずかしいことではないと私は思う。

さらに「暗い」、「難しい」という点についても、見方を変えれば、必ずしも腕組みしてため息をつくような問題ではない。要はロシア文学に対する先入観をいちど投げすてて、素直に向きあってみる必要があるのではないか。

「重い」「暗い」という点では、たしかにロシア文学はチャンピオン級だ。ここでいうロシア文学とは、主として十九世紀から二十世紀にかけての革命前の文学作品をさす。ソ連社会主義体制の七〇年間にも、注目に価する文芸作品は皆無だったわけではない。しかし、やはり私たちがロシア文学というとき、おのずと十九世紀の奇蹟のような文学の黄金期を思い浮かべるのは当然だろう。

ひょっとするとロシア文学だけの話ではなく、文学というジャンルの黄金時代そのものが、十九世紀と重なっているという見方もなり立つかもしれない。

「偉大な作家」という表現は、現代の小説家にはどこかそぐわない感じがする。ジョイスも、プルーストも、ヘンリー・ミラーや、ローレンス・ダレルも、大作家ではあるが「偉大」という形容詞にはぴったりこないのだ。ましてサルトルや、カミュや、ラテンアメリカの文学者たちにはむしろ邪魔な表現だろう。

ブブノワ先生の大きな贈物

十九世紀のロシアで、一人の小説家がどれほど「偉大な」存在であったかを物語るエピソードにはことかかない。トルストイが田舎からモスクワへやってくるという噂が、ひそかにモスクワにひろがると、その到着する姿をひと目見ようと、数万の市民大衆がモスクワ駅頭に集ったという。ビルの屋根にのぼったり、木の上に陣どって見物しようとする連中までいたというから凄いものだ。

ひとりの小説家が当時のロシア社会でしめる存在の偉大さは、現代では想像もつかないほどのものであったらしい。

それはとりもなおさず十九世紀の文学作品が、文芸ジャーナリズムや文学ファンの域をはるかに越えて、市民一般にどれほど深く広くかかわりあっていたかということを示している。ロシア文学の特性の一つは、たしかにこの点にあるようだ。トルストイや、ドストエフスキーや、チェホフが、当時の一般市民と結びついていたのは、ロシアにおける文芸作品の世界でもまれな幸運かもしれない。

たとえば詩と詩人に対する愛と尊敬の念の深さにおいて、ロシア大衆以上の存在はないだろう。プーシキン、レールモントフ、エセーニンなどの詩を愛誦する人口の大きさに驚かされるのは、ロシアを旅行した人びとの共通の体験だ。私にも数えきれないほどそのような出会いがあったことを思いだす。

私が大学の露文科の学生だった頃、ブブノワ先生という怖い先生がいらした。ブブノワ先生は初老のご婦人である。いや、当時はまだ初老というお年ではなかったかもしれない。しかし、雰囲気がそんな感じだったのだ。いつも低いヒールの靴をはき、灰色のスーツ姿で、ややうつむきがちにカッカッと踵を鳴らして歩く。白いもののまじった髪を引っつめにして、どこか憂愁をたたえた暗い目をしていらした。

たしか妹にあたる人が小野アンナさんというバイオリニストでいらして、前橋汀子さんなども教えをうけたことがあるらしい。

このブブノワさんのロシア詩の授業が、私たち学生には恐怖だった。とにかく厳しいのである。冗談ひとつ出ない緊張した授業で、その大半はロシア詩の暗誦にあてられた。ブブノワ先生が声にだしてロシア詩人の作品を朗誦する。ワンフレーズずつ区切って、私たちが声をそろえ暗誦する。次の授業まではぜんぶ暗記してこなくてはならない。もし忘れていたりすると厳しく叱られるから、学生も必死だった。

ブブノワ先生には、どこかかたくなな所があった。手加減をせず、笑ってごまかすということを許さない。その暗い目の奥には、名状しがたい悲哀と怒りの感情が揺れているように思われた。

ロシア詩の朗誦は、ブブノワさんにとっては単なる仕事ではなかったのだろう。祖国をはなれ、デラシネとして異国に生きる亡命者の望郷の思いを、詩に托して口ずさんでいたのかもしれない。

私たちはその授業で、たくさんのロシアの詩人たちの作品を暗記させられた。プーシキン、レールモントフ、チュッチェフ、ネクラーソフ、エセーニン、フェート、などいろんな詩人の詩の一節がバラバラに記憶によみがえってくる。

ロシア語は、ひいき目でなく、聞いているとじつに美しい言葉である。ことに詩の響きの美しさは格別だ。ウダレーニェというアクセントを強く発音するだけでなく、長くのばして緩急をつけて読むと、ことに魅力的にきこえる。

ブブノワ先生の感情のこもった朗誦は、ことに深いなにかを感じさせた。

大学生のころ、教室で暗記させられたロシアの詩人たちの作品のいくつかは、そのまま胸のどこかに焼きつけられて後あとまでずっと残っていた。

「詩は読むべきにあらず　歌うべし」

という文句をロシアの詩集の扉で読んだことがある。歌わずとも、声に出して朗誦することは、詩という形式をあじわう第一歩である。漢詩にしても、英語の詩作品にしてもそうだ。ことにロシア詩は声に出して朗読することで、その魅力が生きてくるしろものである。

ブブノワ先生の厳しい授業は、とにもかくにも暗記することが必須の条件だった。内容の解釈は二の次で、そのときは幾分の不満をおぼえたものである。

しかし、今にして思えば、口うつしに暗誦させられた詩の断片は、くっきりと記憶に残って消えることがない。ロシアを旅行した際も、折にふれてそれらの詩のワンフレーズが思い浮ぶのだった。ブブノワ先生は、じつに大きな贈物を私たち若い学生にしてくださったものだと思う。

貧しさの中にも詩がある国

私が戦後はじめてロシアの地を踏んだのは、一九六五年の初夏である。入国のとき、税関の係官と少しもめごとがあった。私は万一のために用意したわずかの闇ドルが没収されそうになったのだ。いろいろやりとりがあった後で、係官がビザをチェックし、厳しい声で、

「職業は？」

と、たずねた。当時、私はまだレコード会社と専属の契約が残っており、職業はヴァー

ス・ライターとなっていた。ＣＭソングや童謡などの作詞の仕事をやっていたからである。

係官の質問に対して、私は具体的な説明はせずに、

「ポエート（詩人）」

と、いささかハッタリめいた答えをした。

「ポエート？」

と、相手は意外そうな顔をして、どんな詩を書くのか、とたずねた。

「いろんな詩を書いている。ロシアの詩人の作品などの翻訳もね」

それは嘘ではなかった。私が当時手がけたＬＰレコードのなかに「Russian gos modern」というのがあり、そのなかに「黒き瞳」などいくつかのロシア民謡の訳詞があったのである。

係官は少し態度を変えると、手をうしろに組んでたずねた。

「きみがポエート（詩人）だというなら、なにかロシアの詩人の詩を知っているだろう。オーチ・チョールナヤ（黒き瞳）以外に、おぼえている作品があるかね」

そう言われると、とっさにはなかなか出てこないものである。頭の中に学生時代にブブノワさんの授業で暗記させられた詩の一節が、チラチラと浮かんでは消える。

『ポーズドナヤ・オーセニ』という詩の題名を思い出す。だが、あれよりもう少し本格的な詩をおぼえていないものか。『エヴゲーニー・オネーギン』の頭の文句が記憶に残っている

た。

が、後が続かない。そのとき不意にレールモントフの詩のワンフレーズが口をついて出てきた。

「アトヴァリーチェ・ムニェー・チェムニーツ　ダーイチェ・ムニェー・シヤーンニエ・ドゥニャー」

ロシア語の詩句はスペルに自信がないので片仮名で書くが、そういう文句だ。そのあとも、思いがけずすらすら言えた。

「そしてわれを暗き場所より解き放て、われに自由の光を、そして黒き瞳の乙女と、たてがみ黒き悍馬をあたえよ。美しき娘にくちづけて、われ風のごとくに草原を駆けゆかん――」

およそそんなふうな意味の詩だが、声にだしてとなえると、すこぶる調子がいい。私がボソボソとレールモントフの作品を暗誦すると、突然、相手の態度が一変した。尊敬のまなざしでこちらをみつめ、大きくうなずいて私の闇ドルの包みを返してくれ、「良いロシアの旅を！」と、敬礼までしてくれたのである。

一九六五年当時は、一般人の海外渡航が解禁になったばかりだったから、ドルの持出しも厳しく制限されていた。そのために私たちは闇レートで多少のドルを隠し持って出かけるのが常識だった。公定レートが三六〇円、闇では一ドル四〇〇円が相場だったから、もし入国の際に虎の子の闇ドルを没収されてしまっていたら、その後の旅はさぞかし悲惨なものになっていただろう。

ブブノワ先生さまさま、レールモントフさまさまである。それに味をしめて、ロシア旅行のあいだは何度もロシアの詩人の作品に便乗させてもらったものだ。

それというのも、当時のソ連では一般の市民をはじめ、どんな階層の人びとも驚くほど詩人を尊敬し、詩を日常的に愛し、また日常の会話のなかでもしばしば引用することがあったからである。

こんな思い出もあった。

もうずいぶん昔のことになる。ＮＨＫで『エルミタージュ美術館』という特番を作ったことがあった。映像と出版物の両方でシリーズとして制作したのだ。

私が舞台回しをつとめることになり、何度となく当時のレニングラードを訪れて取材を行ったものである。

そのときソ連側の対外文化機関の一員として私たちをサポートしてくれたメンバーのひとりに、エレーナさんという女性がいた。

赤毛で凹んだ目をした中年の女性だったが、とても知的なところがあって、仕事もよくでき、スタッフにも信頼されていた。

エレーナさんは煙草を吸う。ちょっとした時間にハンドバッグから煙草をとりだし、マッチで火をつけるのが彼女のくせだった。零下何十度という寒気のなかに、エレーナさんの形のいい鼻の穴から白い煙草の煙が流れる様子は、古いフランス映画をみるような風情があって、私は好きだった。

いちど彼女の家に招待されたことがある。何度目かの取材のあとで、エレーナさんとはかなり遠慮のない間柄となっていた。私はそのとき、アンナ・アフマートヴァについての短いビデオを持参した。アフマートヴァはスターリン時代、軟禁されて詩の発表を禁じられていた女流詩人である。発表どころか、詩を書くことすら厳しく制限されていたのだ。

私は以前、彼女が軟禁されていた部屋を訪れたことがある。こぢんまりしたその建物は、そのときはアフマートヴァの記念館になっていた。訪れる人はほとんどいないようだった。

その部屋の壁には、一枚のイコンがかかっているだけで、じつに質素なものだった。生前、部屋には三冊の本だけしか置いていなかったという。

『聖書』と『プーシキン詩集』と、あと一冊はなんだったのだろう。はっきり憶えていない。

スターリンの時代、彼女は常に監視されていた。そんななかで、アフマートヴァはひそかに詩作を続けた。机の上で紙に書くなどということは、もってのほかである。そんなところを発見されたら、彼女の夫と同じように、たちまちシベリア送りになってしまうだろう。

彼女の暮らしを助ける女友達がいた。訪ねてきては身の回りの世話をしたり、台所で料理を作ったりする。アファマートヴァは、その女友達と並んで洗濯をしたり、食器を洗ったりした。

そんな監視の目の光るもとで、アファマートヴァは小声で女友達に短い言葉をとぎれとぎれにささやいた。独り言のようなせりふもあった。日常の会話のあいだに注意深くはさみこまれたそんな言葉の断片は、アファマートヴァの頭の中に書かれた文字にならぬ詩のフレーズだったのである。

女友達はアファマートヴァの小声のささやきを、必死で記憶のなかに刻みつける。そして帰宅するとすぐに、憶えているアファマートヴァの言葉をタイプした。

こうして長い時間をかけて、一篇の長い叙事詩が完成する。刊行される当てのないその詩は、のちの人たちによって「記憶に刻まれた詩」と呼ばれた。それが日の目を見るのは、スターリンの時代が終ったのちのことだった。

その日、私がエレーナ家に持参したのは、八ミリのビデオと小型の再生機だった。彼女の母親や、同居している姉夫婦とともに、私たちはそのアファマートヴァの葬儀のシーンを写した映像を見た。

アファマートヴァが埋葬される場面で、エレーナさんの母親が突然、手で顔をおおって嗚咽（おえつ）した。おお、アニョーター！　と彼女は叫んだ。すると姉夫婦がロシア語で突然、詩を朗誦しはじめた。エレーナもそれに和して、まるでお経のように声をそろえた。母親の声もそれにくわわった。

そのとき、彼女らが声にだして暗誦していたのがアフマートヴァの詩作品の一節であることを、ようやく私は理解したのだ。

映像が消えたのちも、しばらくみな黙ったままだった。

そのアパートは薄汚れたコンクリートの建物で、部屋もひどく狭かった。二部屋しかないそのアパートで、姉夫婦と、エレーナと、母親が同居していたのだ。

それにもかかわらず、部屋の一角にピアノがあり、本棚にはプーシキンをはじめ、ロシア作家の作品が並んでいた。

この二十世紀に、こんなふうに詩人が民衆に愛される国があるということが、信じられない気がした。ましてソ連体制が混乱のさなかにあった苦しい時期である。

ロシア文学の特質のひとつは、それが一部の文学愛好者だけでなく、ひろく民衆一般に愛されていた、という点にあるのかもしれない。その流れのなかにブラート・オクジャワや、ヴィソツキーがいたのだ。

ロシア文学の周辺散歩

ロシアの詩を暗記することから始めた私のロシア文学遍歴は、いまにして思えば、まことに幸運な出発だったと思う。

ブブノワ先生は、のちにロシアへもどられて、版画家として生涯を終えられたと聞いた。すでに五十年以上の昔のことになるが、教室で冷汗を流しながら暗記した詩の切れ端は、いまも私の脳裡（のうり）に焼きついていて、ふとした瞬間によみがえってくる。

シベリア鉄道の車掌室で目にした『戦争と平和』の本の表紙も忘れられない思い出だ。

ロシア文学というと、なんとなく「暗い」「重い」「むずかしい」「長い」といったイメージがあるが、実際に手にとって読んでみると、これが意外に軽快でおもしろい作品も少くないことに気づくだろう。

難解派の最右翼のように目されているドストエフスキーにしてもそうだ。最近、書店の文庫の棚で、『罪と罰』あたりがハードボイルド小説やミステリーの隣りに並んでいるのを見かけることがある。かりにそんなファンに読まれても一向にさしつかえない長篇小説なのだ。

ドストエフスキーの小説を読みながら、ロシア人の読者はしばしば吹きだすことがあるという。ユーモアなどという洒落た感じではなく、むしろ泥くさい滑稽さがそこに感じられるからだろう。

以前、有楽町のホールで、ドストエフスキーについての講演をしたことがあった。生誕記念の会とかで、私のほかに埴谷雄高さんが話をされたと思う。

埴谷さんの講演の途中、ふと窓の外を眺めると東宝映画の大きな看板が見えた。そこには「明るく楽しい東宝映画」という文字が躍っていた。

そこで急遽、演題を「明るく楽しいドストエフスキー」としたのは、今にして思えば若気のいたりであった。しかし、私の本音はドストエフスキーを形而上的な議論の対象にするだけでなく、その生き生きした猥雑なおもしろさを語りたいというところにもあったのだ。

ドストエフスキーが追われて仕事をしたことはよく知られている。速記者を前に、とうとうと言葉を吐きだし、またたくまに作品をつくりあげる作家でもあった。その速記者とは、ついに結婚してしまうのだから、両者の息は相当に合っていたにちがいない。

地下室で思索にふけっているようなポートレイトのせいで、気むずかしい偏執的な作家のイメージがつきまとうが、彼は雄弁家で、講演も嫌いではなかった。楽屋から出てくるとき、女性聴衆たちの嬌声がとび、花が投げられたという話もあるくらいだから、人気のある講演者だったのだろう。

革命後のソ連文学について、私はほとんど語るべき言葉をもたない。

一九五〇年代に大学生活を送った私たちの世代にとって、ソ連とは不思議な未知の社会であった。『石の花』とか、『シベリア物語』などの映画がもてはやされ、ロシア民謡が歌謡曲のように口ずさまれた時代である。

数々のソ連文学の翻訳も書店にあふれていた。シーモノフの『昼となく夜となく』とか、オストロフスキーの『鋼鉄はいかに鍛えられたか』とか、ファジェーエフの『若き親衛隊』とか、カターエフの『孤帆は白む』などの作品がさかんに読まれたのもその頃である。

私はトルストイを読んでいたが、『アンナ・カレーニナ』のレフ・トルストイよりも、アレクセイ・トルストイのほうが目立った時代だった。マクシム・ゴーリキーも、革命文学のボスとして『母』が代表作とされていた。私は彼の初期の短篇や、自伝的な長篇、また晩年の回想などが好きだったが、そんなことはあまり大声で言いにくい雰囲気があった。

私はいまや地に落ちた感のあるゴーリキーの作品のなかで、やはり初期の短篇や、『私の大学』などの自伝三部作、また回想のいくつかが好きだ。スターリン時代にかつぎあげられて、作家同盟の書記長などをやったのが彼の不幸のはじまりだったと思う。

海外へ逃げだしていって、なかなか帰ってこないゴーリキーを、レーニンは熱心に口説いて帰国させた。社会主義リアリズムの父としてまつりあげるためである。ゴーリキーはイタリアに住んだまま、ロシアへ帰らなければよかったのに、と、しばしば思ったものだった。

ペレストロイカのあと、ロシア文学の世界も大きく変った。そしてドストエフスキーとチェホフがロシアを代表する作家となった。トルストイのほうは、いまひとつ論ずる人が少いようだ。私はいまはドストエフスキーよりもトルストイのほうがおもしろいと思っている。そしてドストエフスキーに関しては、ほとんどまともにその文学の本質が語られることがなかったし、現在でもないのではないかと考えている。それは「神」という主題を無視しては成立しない世界なのだから。

ロシア文学の本質にいきなり斬り込むことはしばらくおいて、その周辺を街角の散歩のように楽しみながら歩くことから始めてみることにしよう。


（『五木寛之ブックマガジン夏号』ＫＫベストセラーズ、二〇〇五年）

10　紀行について

紀行は、ぼくにとって日常の暮らしのレポートです。考えてみたら、自分の家というものに一度も住んだことがない。物心ついた時にはもう外地に住んでいましたし、移動―移動で暮らしてきました。

教師だった父が新天地を求め、当時植民地だった朝鮮半島へ渡りました。京城(ソウル)から平壌(ピョンヤン)に行き、ここで敗戦を迎え、三十八度線を越えて開城(ケソン)の難民キャンプへ。そこから仁川(インチョン)に運ばれ、しばらく留まったのち、輸送船に乗せられて博多に。

博多のあとは、高校卒業まで福岡で暮らし、大学受験で東京へ。それから今度は金沢へ行き、京都にも四～五年住みました。そして横浜へ。今のところ一応定住しているかたちですが、先はわからない。

一所不住が、ぼくの人生です。学校も転々とした。京城の三坂小学校に入学し、それから戦橋里小学校に転校します。やがて山手小学校というところに移り、その後、平壌一中という中学校に入学しました。

帰国してから福岡県の八女高校併設の中学に入学しましたが、学区制が施行され、住んでいる場所へ入り直さなければならず、今度は光友という中学へ移転させられました。そこを出て、福島高校に入り、卒業します。小学校を三校、中学も三校転校しています。早稲田大学を途中で辞め、のちに龍谷大学の聴講生になったから、大学も二校通っていることになる。

そういうふうに転々とし、よそ者として既存のコミュニティの中に割り込んでいくという生活をしてきたので、それが習い性となり、自分のスタイルになったんですね。サンカという人々を描いた『風の王国』という小説があって、その扉に、自分で勝手に作った漢文を添えているんです。

「一畝不耕」「一所不住」「一生無籍」「一心無私」。

田んぼ一つ耕さず、一つの所に住まず、一生籍を持たず、私無くありのまま。

この小説に出てくる群像、人びとのかたちというかイメージを、この漢文で表現したつもりでしたが、どこかに、一つの所に定住しないという自分の生き方が影を落としているような気もします。最初のエッセイ集『風に吹かれて』というタイトルにも、そのときその場、常に動いて生きていく、そういう自分の気持ちがよく反映されていると思います。

旅の話はずいぶん書いてきました。北欧、東欧、ソ連、南のスペインやポルトガル。インド紀行などというのもあった。シリーズとしてあるのは、『21世紀　仏教への旅』です。いろいろなお寺をたくさん訪ねました。インド、韓国、中国、ブータン。フランスで禅をやっている人たちとか、アメリカの仏教徒を探して各地を回ったりもした。『百寺巡礼』というシリーズもありました。数年間で百もお寺を訪ねるなんて、ちょっと荒唐無稽な話で「たくさんの」というくらいの意味と思っていたんですが、本当に百寺を訪ね終えました。

それから『日本人のこころ』というシリーズがあります。『隠れ念仏と隠し念仏』、『21世紀　仏教の旅』と並んで、このシリーズは、自分ではわりと大切にしているつもりです。石川県の「一向一揆」を扱ったものとか、「奈良の光と影」みたいなものを書いたものとか。

その中の一冊に、沖浦和光(おきうらかずてる)さんといろいろ歩いた記録を入れた「サンカの民と被差別の世界」があります。比婆(ひば)郡という山中の村を訪ねたり、瀬戸内海にある海の被差別民といわれる人を訪ねたりしました。

沖浦さんは現代の菅江真澄(すがえますみ)、柳田國男のような人で、学会ではなんとなく敬遠されているところがあるのだけれど、各地を歩きまわってきたすごい民俗学者です。もう亡くなられましたが、最後の著作に『宣教師ザビエルと被差別民』があり、これが話題になっています。

その沖浦さんと悪所巡りっていうのをやった。悪所というのは、日本の遊郭のことです。吉原へ行き、その次に大阪飛田へ行った。沖浦さん曰く、悪所には三つの特性がある。色里・遊里、芝居町、被差別民の集落。この三者の関係を見なければ駄目だと。それが渾然一体となった感じの場所が、大阪のディープサウスなんですね。通天閣から新世界、釜ヶ崎を抜けて飛田新地に至る、大阪で一番ディープな場所です。東京なら浅草、吉原、山谷（さんや）かな。

かつてものすごい芸能の巷でもあった日本全国の悪所を、順番に歩いて行こうとしていましたが、沖浦さんが亡くなったので、結局吉原と大阪飛田の二回しかやっていませんけれども。

昔の遊郭は、聖なる神社仏閣に隣接して、ほぼ必ずありました。富士登山をして浅間神社に詣でた帰りに、三島女郎衆のところへ行って精進落としをするのが当時のしきたりのようなものだったし、伊勢神宮の側にも、おかげ横丁というのがあった。善光寺にも、成田山にも、お女郎さんのいる場所がすぐ近くにありました。聖の近くには必ず紅灯の巷があり、聖と俗とは一体なんだ。だから、片方しか見ないと、おかしなものになっていくわけです。

こんなふうにずいぶん紀行文を書いてきているけれども、実は自分の生活そのものが紀行というか、旅を続けている感じなんです。実際、今でも月に四〜五回は地方、海外に出ているし、動き回って暮らしているホモ・モーベンスです。

この歳まで、まだ動くことをやめない。簡単に言うと、尻が落ち着かない。それはやはり、敗戦後の漂流民として、いわゆるデラシネとしての難民体験が決定的に影響しているのではないかと思います。しかも一番心のやわらかな少年時代に。

だからぼくにとって、旅みたいに動き回る、移動するというのが日常なんで、一ヵ所に長いこといる方が、むしろ非日常です。

原稿も旅先で書くのは当たり前。新幹線の車内で書き、出先の喫茶店で書き、ホテルで書いてファックスで送る。山のような参考資料を使うわけでもないし、コクヨの四百字詰め原稿用紙に書きなぐった原稿です。こんなかたちで、この五十年間、旅先で原稿を書いてきました。

新聞連載中に外国に行くことも珍しくなく、原稿が間に合わなくなると、スペインの田舎からでも国際電話で原稿を口頭で送るわけです。書くことを職業にしていると、まあ不思議なもので、何字詰め何行っていうのが、だいたいわかります。「これでいいですか？」って聞くと、ほぼピッタリ連載一回分なんですね。

しかし、切れ切れの国際電話で、「そのとき、彼女は唇を差し出して」なんて描写を大声で怒鳴ったりするのは、珍妙な光景です（笑）。「えっ？　何ですか？」って聞き返されても、二度と言えないよ！　と。

そういえば、昔の編集者というのは、すごかった。読売新聞で連載をしていたとき、もう原稿が遅れに遅れ、いつもギリギリのギリで入れるわけです。

あるとき、「間に合わなかったらどうします？」と聞いたら、担当者がいい度胸の人で、背広の上から胸をポンと叩いて「いやあ、いつもこの中に辞表を入れて歩いていますから」って。それはポーズかもしれないけれど、侍だなあと思った。

昔は作家の原稿が遅れるのは当たり前で、野坂昭如なんかすぐ逃げた（笑）。で、博多まで逃げて福岡まで捜索隊が出た、なんてこともありました。

どんどん年を経るにしたがい、出版界の状況も変わってきて、若い編集者なんか締め切りの日になると「来ていませんけど？」なんて平気で言うようになった。昔は、来ないのが当たり前って感じだったけど。おかげさまで最近は、締め切りはきちんと守れるようになりましたね。

そういうわけで、紀行というのは自分にとって日常の暮らしのレポートなんです。旅に「出る」という感じではなく、日常に入るわけ。

旅しているとき、動いているときが、異国にいるときが、自分という感覚ですね。

まあ、旅に出るといっても、今は全国にコンビニエンスストアがあるし、下着でも何でも必要なものは買えるわけです。原稿用紙と電子辞書と万年筆さえあれば、あとはほとんど荷物なし。身軽で出かけるのです。

紀行作品

1969年

根の国紀行——太宰の津軽と私の津軽

（一九六九年）

1

津軽を訪れるのは何年ぶりだろう。八年か九年ほど前の夏、私ははじめて津軽の土地を踏んでいる。青森の街でねぶたを見た憶えがあるから、それは恐らく八月初旬の頃だったに違いない。

私にとって、津軽という土地はなぜか自分の内部にある重みをもって存在し続けている土地だった。妙な話だが、私はこの七、八年の間、いつも津軽のことを大事に思ってきた。九州の筑後の生れで、少年時代を植民地で過した私にとって、津軽は全く縁もゆかりもない他人の国にすぎない。私はこれまでにたった一度しかその土地を訪れたことはなかったし、それも短い夏の数日をぼんやり送っただけなのだ。

それにもかかわらず、私にとって、津軽という土地は他人の土地ではなかった。津軽、とか、弘前(ひろさき)、とかいった言葉をふと何かのはずみに耳にする度(たび)に、私は思わずはっと顔をあげ、無意識に耳をそばだてたものである。

思うに、それはたった一度だけ前に訪れた津軽の印象が、余りにも強く私の内部に彫(ほ)り込まれてしまっていたせいではなかろうか。より正確にいえば、八、九年前、つまり二十代という奇妙な季節にやがて訣別(けつべつ)しようとしていた私自身の、せっぱつまった心の触手が、すがりつくような形で津軽という異質な土地にからみついたため、といえるかもしれない。それに違いないという気がする。

はじめて津軽を訪れた夏、私は二十代の終りにさしかかろうとしている鬱屈(うっくつ)した青年だった。いささか色褪(あ)せかかった創作への野心と、ますます色濃くなって行く生活上の劣等感を五十キロそこそこの体に隠して、マスコミの底辺で独(ひと)りぼっちで働いていた。

大学を追われていたため、正規の職場は私の前に閉ざされており、私は怪しげな業界新聞の編集者として、新宿二丁目の貧弱なオフィスに通っていたのである。

その事務所は、都電の通りに面したピンク色のビルの三階にあった。部屋の窓からは、隣りの〈内外ニュース〉という映画館の裏庭が、すぐ目の下に見えた。それは映画館といっても、ヌード・ショー実演つきの風変りな劇場で、私は割付けや、提灯(ちょうちん)記事を書く仕事に疲れると、窓からいつもその裏庭を眺(なが)めてぼんやり時を過したものだった。

天気のいい空気の涼しい日の午後など、楽屋口の階段に腰をおろして、裸の上にカーディガンやバスタオルを引っかけただけの娘たちが、訛(なま)りの強い口調で何事か声高に喋(しゃべ)りながらレース編みをしたり、七輪で魚を焼いたりしているのを見おろしていると、私は自分の内部によどんでいる重く暗い肉腫のようなものを、その一瞬だけ忘れることができたような気がする。

その頃の私には、やがて近づいてくる三十代を、どのように生きたらよいのか見当がつかず、そのためにひどく虚無的になっていた面があったように思う。三流業界紙の記者兼編集者というものは、つまり傲慢(ごうまん)な寄生虫であるか、あるいは卑屈な恐喝者であるかしなければ勤まるものではない。そして私も慣(な)れ得ぬながらに、それらしき役割りを演じ、そのことによって辛(かろ)うじて生きていたのである。

しかし、そんな生活をいつまでも続けて行くわけにはゆかない、というあせりが、私をとげとげしく、目つきのけわしい人間にしていた。私は記事を書くふりをしながら、よく仕事に関係のない原稿を書いたものだった。それは時には幼年期を過した半島の追憶であったり、また時にはジョイスの翻訳の文章をまねた幼稚な長篇小説の断片であったりした。

だが、私は敗戦と引揚げの体験の中から、すこぶる悲観的な物の見方を身につけていたようだ。つまり、私は自分に関して、幸運、という言葉を信じることができなかったのである。私は自分を、ひどく運の悪い人間だと信じ込んでいた。たとえ突然に夢のような革命がおこって社会の矛盾（むじゅん）が一挙に解消したとしても、自分には恐らく明るい未来などというものはあり得ないに違いない、という気がしていた。

私は経営者兼主筆の目を盗んでは仕事を怠け、取材にかこつけては朝から新宿風月堂の二階にもぐり込んで時間をつぶした。その頃、風月堂は十時から十一時頃までに店に入ると、早朝割引きでコーヒーが三十円か四十円ぐらいで飲めたのである。そのために開店前の風月堂の前には、いつも数人の若者がぼんやり店の開くのを待って立っていたものだ。

そのころ私は、精神的な倦怠感から本屋で万引きをしたり、即興的な暴力を行使したりするような青年たちを、ひどくうらやましく思ったものだった。私自身はもっと現実的な理由から、何度、紀伊國屋書店で万引きを計画したかもしれない。だが、私は中学生の頃、九州の地方都市で万引きに失敗して、書店の親父さんからひどく屈辱的な取調べを受けた経験があり、その記憶が私の勇気をにぶらせていた。その店主は黒澤明の映画によく出ていた志村喬という俳優氏と酷似（こくじ）していて、その事件以来ながい間、私は彼をスクリーンの中で発見すると、いつも条件反射的な身震（みぶる）いにおそわれたものである。

私がはじめて津軽を訪れたのは、ちょうどそんな時期と重なりあう重苦しい夏の、八月のはじめの頃だった。そして、その夏の短い旅が、それから現在まで、私を津軽という他人の土地に奇妙な形で執着させるきっかけを作ったと言えるのかもしれない。

その時も最初の日、青森で列車を降り、知人の家に泊った。ねぶた祭りの笛の音や太鼓の音が、夜通し遠い海鳴りのようにきこえていた。今の会社をやめようかどうしようか、と私は空かんを叩く単調で哀しげな音を聞きながら考えていた。そのまま業界紙の仕事を続けていれば、自分が駄目になってしまうような予感があった。今ならまだ引返せる、という気もした。社長やスポンサーの言うままに文章を巧みに曲げたり誇張したりすることで生活を支えるより、デパートの貨物配送の肉体労働のほうが、まだしもましなようにも思われた。社には三日間の休みを届出ていた。もし、それ以上そのまま旅を続けていれば、社では自動的に私を解職するにちがいなかった。だが私は三日でその旅を切りあげるつもりはなかった。ひょっとすると三週間、三月になるかもしれないという気がした。

私は長い間、眠らなかった。通りすぎて行ったねぶたの囃子が、再びもどってくる気配があった。はじめの時と、太鼓のリズムが違っていることに気づいて、私は何となく安心したような気持ちになり、やがて眠りに落ちて行ったのだった。

その晩の空かんを叩く音は、その後ながく私の記憶の底にこびりついて離れなかった。翌日の夜、雨の中をゆらゆらと揺れながら動いてきた巨大な武者人形のイメージとともに、それは私の中の青森の印象の欠かせないモザイクの一片となって残ったように思う。

2

人は偏見を得るために旅行する、と言ったアメリカの文学者がいた。私もそう思う。はじめての土地を訪れる印象は、たとえばその日の天候次第でも全く異なることがあるからだ。そしてまた、旅をするこちらの心理的情況によって、未知の街は一人一人にさまざまな顔を見せるに違いない。

青森に着いたのは午後だった。よく晴れた、風の強い日だった。私は市内のホテルの六階の部屋から、明るく乾いた陽光の下にひろがる街を見おろしながら、昨年の夏、ある用件でローレンス・ダレルに会いにニースへ飛んだ日のことを思い出していた。

カンヌとモナコの街にはさまれたニースの街は、私のイメージの中ではパステル画の鮮(あざや)かに明るい色彩にいろどられた陽光の歓楽地であるはずだった。だが、その日、私が見たニースは、灰色に泡立つ海からの突風にパームツリーの葉が身をよじり、横なぐりの雨が人っ子一人見当らぬ遊歩道に叩きつける陰惨な街だったのである。

「ひどい街ですね」

と、私はエスカルゴと自分で呼んでいるマイクロバスのハンドルを握って、空港からホテルへの道を走りつづける『アレキサンドリア・カルテット』の作者に言った。

「そうだ。いやな街だよ。大嫌いだ」

と、彼は首を振って呟いた。

その日以来、私にとってニースとは、暗くて寒々とした、映画のセットのように薄っぺらな街として記憶の中に定着してしまっている。

八年か九年ぶりで訪れた青森の街を眺めながら、私はそのことを考えていたのだった。私の中の津軽は、あの重苦しく息のつまるような二十代の終りの季節にあって、そこだけ不意にぽっかりと壁に明いた穴からのぞける蒼穹のようなイメージとしてあった。それは私にとって、極めて大切なものだった。それは自分の青春後期を塗りつぶしている暗い絵の片隅に、一筋だけさし込んでいる明るい陽光のひとはけのような部分だったからである。

だがこうして津軽の短い旅の入口に立って、私はなぜか落ちつかないものを感じていた。それは津軽を再び訪れることによって、以前の鮮烈な記憶の澄明さを曇らせることになりはしないか、という不安だったのかもしれない。

三十代の半ばを過ぎて、いま私の感情はすでに乾き、ささくれ立っているという自覚が頭の中にあった。物を書くことを職業として立ってから、すでに何年かの時間が流れている。たとえそれが自ら選びとった道であれ、ジャーナリズムの貪婪な自転運動のさ中に生きて行くことは、おのれの血の一滴、肉の一片を切り売りする道にほかならない。その過程で、私の心は乾き、感性はひび割れて、視界ものっぺらぼうに変ってしまっている。

そんな自分が、再び津軽を訪れるということは、私の記憶の中にあるあの輝きに満ちた王国のイメージを無残に変色させる結果をもたらすのではないか、と私は恐れているのだった。

新しい近代的なホテルの窓からは、まるで瀬戸内の海のように穏やかで明るい青森湾の海がくっきりと見えた。その海の色の鮮やかさは、大丈夫だよ、津軽はいつも変りはしないんだ、心配しないでもいい、と、苦笑してでもいるかのような光と爽やかさに満ちていた。私は服を脱ぎ、浴室でシャワーをあびて、テーブルの上に青森県の地図を拡げた。私はそのときようやく最後まで迷っていた自分のためらいに踏んぎりをつけることができそうな気持ちになっていた。

今度の津軽の旅は、以前の時とは違って、ある目的を持った旅行である。出版社の推めで、太宰治の根の国ともいうべき津軽の土地を歩き、彼の作品集にそえる一種の文学紀行を書くために私はやってきたのだった。だが、私は太宰治の人生と文学について、知るところが余りにも少ない人間なのだ。そんな私の感じでは、明治以来の日本の作家の中で、彼ほど良き理解者、共鳴者、そして温かい友人先輩と、優れた批評家、熱烈な愛読者に恵まれた文学者はいず、そんな幸運な作家は、自分とはほとんど関りのない存在であるような気がしていた。

太宰より、さらに多くの研究書、読者を持つ作家は他にもなかったとは言えない。だがしかし、彼の場合、くっきりと際立って他の作家のケースと異なる点がひとつあるようである。それは、彼についてなされた批評、研究、回想、などの文章のどの一行を取っても、すべてそれらの文章には、太宰治という個性に少年のようにのめりこみ、それを追慕する作品批評をはみ出した酔いが感じられることなのだ。

バランスのとれた冷徹な批評、といったようなものは、彼に対しては存在し得ないようである。たとえどのように鋭い批評の切っ先が太宰の文学に向けられようとも、それは自分を傷つけ、共に血を流す両刃の剣であるような気がしないでもない。不思議なことだが、太宰治について書かれたものだけには、どの人が書いたものも例外なくかなり魅力があるのである。同人雑誌に載った太宰論から、郷土の友人、知人の追憶の文章にいたるまで、それぞれに読み手に訴えてくるところがあるのだ。いわば、太宰の個性とその文学の面白さは、彼について書かれるすべての文章がおのずから一種のみずみずしい緊張感をおびてくる、という点にあるのかもしれない。

だが、私は自分自身の旅をしたいと思っていた。太宰の目、あの逆らい難く私たちの視野に降りかかってくる太宰の視線を通してでなく、自立した自分の目で津軽を見たいと願っていた。

作家太宰の内面の秘密に迫る鋭利な批評を望むならば奥野健男氏の『太宰治論』があり、人間太宰の個性をうかがうには檀一雄氏ほか竹内良夫、桂英澄、別所直樹、などの諸氏の文章がある。また、舞台に在りし日の作家を偲ぶなら伊馬春部氏の劇作品があり、さらに太田治子、津島佑子、と太宰の血をひいた人びとの文章も忘れ難い。私はこの旅に先立って、小野正文氏の『文学のある風景』を読み、今官一氏の精緻な『太宰治』を再読した。そして一人の作家と郷土の劇的なまでの深いからみ合いの相をかい間みて、私自身それらの優れた文章の後を、ただ漫然とたどることになるのではないかと恐れていた。

そのような様々の輻輳した気持ちを抱いて、いま私は津軽の土地にやってきたのだった。

青森の駅から津軽線の列車に乗った。三厩までの切符を買ったのである。以前はこの鉄道は走っていなかったように思う。あの時はライトバンで砂ぼこりの悪路を一日がかりで走ったのだ。

列車はひどくすいていた。右手に見え隠れする海を、夏の陽光がシンバルのように叩いている。私は蟹田の駅で列車をおりた。
駅を出ると、正面に小さな魚屋があった。右に営林署、左に警察の建物が陽を浴びて静まりかえっていた。魚屋の背後はすぐ海だった。人影のない夏の街は、キリコの絵を思わせるような奇妙な静かさの中に白く輝いていた。魚屋の横を通って、海ぎわに出た。まるで湖のように穏やかな海面が、左右にひろがっていた。波打際に白いまるい小石が光っている。波に洗われて、磨かれたようになめらかな石の肌だった。拾ってみると、重さを感じさせないほどの軽さである。指先で強くおすと、乾いた音を立てて手の中で砕けた。

海ぞいの道路を歩き、橋を越え、さらに行くと、観瀾山が見えた。私は夏草が左右に生い茂る曲りくねった道を汗をふきながら登っていった。

山頂には、余りこの山には似つかわしくないモダーンな展望台があった。頂上の台地の鼻の所に太宰の文学碑が建っている。その碑の背後に陽に灼けた女学生が二人並んで腰をおろして坐っていた。その場所からは、蟹田の町が目の下に見えた。深緑の森林を背後に、ゆるやかな川をはさんで海に面した蟹田の町並みは、赤や青の屋根の色が夏の陽ざしを浴びて、ひどく鮮明な感じで続いていた。その風景は、北国の果て、というより、むしろ南国の風光に似ていると私は思った。それは私が津軽の冬を知らないせいかもしれない。だが、津軽の自然と人びとの気質は、いわゆる東北地方の陰惨で重苦しいイメージと正反対の明るさとのびやかさをたたえているような気がする。津軽の人間は、おそらく東北人の中では異種に属するのではなかろうか。九州人である私が、津軽出身の友人をかなり多く持っているということと、縁もゆかりもない津軽に対して、強い親近感を持つというのは、両者にどこか共通のものがあるような気がしないでもない。それは津軽の民謡を聞いてもそうである。私は以前、小説を書き出すずっと前に、テレビ局で音楽番組の構成にたずさわっていた時期があった。その頃、東北の民謡や踊りをよく取りあげたものだが、なぜか九州人の私が津軽の民謡を聞いているうちに体がぞくぞくしてくるのである。私はそれが不思議でならなかったものだ。

　駅前で列車の時間までぼんやりしていると、タクシーが止って、三厩まで行くのなら安く行きますよ、と言った。私は前に竜飛（たっぴ）を訪れたコースを回ってみたいと思っていたので、車で行くことに決めた。

　ひどい悪路は昔のままだった。砂ぼこりで息が苦しくなるほどである。平館（たいらだて）灯台のそばの松林で車を止めてもらった。以前、ここの遠浅の海で泳いだことを思い出したからだった。

　下北半島が目の前に見えた。フェリー・ボートが夢の中の風景のように音もなく、ゆっくりと動いて行く。眠くなるような風景だった。

　八、九年前と少しも変っていない、と私は思った。だが、あの時はじめてこの松林の中から海へ駆け出した時の灼けつくような昂揚した気分はなかった。振り返ってはいけない、という気がした。一度だけのものがあるのだ、と思った。あの切迫した心の緊張の中で見いだした一度きりの記憶は、大事に記憶の中にしまっておくべきなのだろう。再び時間をおいて訪れてはいけない。それはただ現実の乾いた木目を白々しい気持ちで確認するだけのことだ。

人を感動させるのは、自然でもなければ人間でもない、と考えた。いわば何かを求めて渇きに渇き、また歓びに充ち満ちて、心の触手を精一杯にのばしている状態が自然や人間に触れて打ち震えるのだろう。乾いた目に映るのは、乾いた自然だけだ。末期の目に映るときにだけ、さりげない樹々の姿も葉の一枚一枚が逆立つような鮮かさで見えるのだ。私は振り返って海岸と道路にはさまれた松林を眺めた。松の色は白っぽく砂ぼこりをかぶって、ひどく貧弱な感じに見えた。私は車にもどって、何かを追いはらうような気分でシートに身を埋めた。

今別の町を過ぎると三厩はすぐだった。以前きた時に泊った宿はどこだったろう、と私はあたりを眺めた。

あの夏、青森からライトバンで走って、このへんにたどりついた時はすでに薄暗かったのだ。宿からすぐに海に続いて、私たちが汗を洗い流しに一泳ぎして帰ってくると、食卓にはとれたばかりの金色の雲丹と、ブリの刺身がまだ呼吸をしているような新鮮さで並んでいたのだった。そして、食事を終って、かすかな波の音のきこえる二階の部屋に寝た。あの時、私は確かにどこかが病(や)んでいたのだと思う。その屈折し、錆(さ)びついた自分の内部が、その海ぎわの宿にいて、水を吸ったスポンジのように次第にふくらんでくるのを、私を感じていた。今の仕事をやめよう、と決めたのは、その晩おそくだったと思う。

3

私は若いタクシーの運転者と共に竜飛崎の突端に立っていた。激しく流れている津軽海峡をへだてて、北海道の山なみがすぐ近くに見えた。足もとの断崖の下の岩が水面に露出している辺(あた)りに、一隻の漁船が横倒しになっている。二、三日前に遭難したのだ、と若い運転者が言った。はるか右手に激しい潮流が渦(うず)まく中を、小型の漁船が営々とさかのぼって行くのが見える。ブリを釣る船だ、と運転者が私に説明した。風が私たちのズボンの裾(すそ)を、はたはたと鳴らして吹いていた。

私は振り返って左手の山峡を眺めた。振り返ってはいけないと思いながら、そうせずにはいられなかった。

竜飛崎の突端から眺める背後の光景は、見事に一変していた。本州と北海道を結ぶ海底トンネル工事のため、竜飛崎はすでに近代建設工業の先端を行く工事現場となっていたのである。

山肌の斜面にそって、労働者のためのアパートが団地さながらに建ち並んでいた。私は激しい風に躍っている夏草の中に腰をおろし、八、九年前にこの場所から眺めた夏のイメージを呼びさまそうとつとめた。

あの時は谷をへだてて向かいあった山の斜面を、紫陽花の花が豪華に埋めていたのだ。淡いターキッシュ・ブルーの色が風の中で多面スクリーンを見るように波立っていたのを憶えている。ブルドーザーの音が、私を追憶から引きもどした。

〈ここは本州の極地である――〉

太宰の文章の一節をふと頭に浮べた。だが、今こうして海底トンネルの工事現場を見おろしている分には、極地というより、本州の最先端といった感じが強かった。そしてたとえ、あのプレハブの団地や建設工事の騒音がなかったとしても、竜飛崎はどこかに明るく、のびやかなものを感じさせる場所ではないかという気がしたのである。

私が訪れた日が、二度とも、夏の快晴の日だったせいかもしれない。だが、はるかに北海道松前の山なみを望む竜飛には、行きどまりというより、身を屈してかなたへ飛躍しようと身構えているものの力強さがあるような感じがしたのである。

　数年前、ポルトガルのロカ岬(みさき)を訪れたとき、灯台の職員らしき青年が、岬の突端を片足でとん、と軽く踏んで、「Most West-point of Europe ——」と呟(つぶや)いたことを、私は思い出した。ヨーロッパ大陸の最西端に立って、あの海の果てに何があるだろうと夢想した男たちの決断が、やがてアメリカ大陸発見への道を開いたことを考えると、竜飛崎の風物も、ただ荒涼たるさいはての旅情の枠(わく)の中にはめ込んでしまうわけには行かなくなってくるだろう。

　岬から、すっかり舗装された道路の方へ降りて行く途中、スナック〈うず潮〉、という店の看板が目についた。エレキ・ギターを背おった三人の青年がオートバイで登ってくる。トンネル工事の若い労働者たちなのだろう。竜飛崎のスナックで聞くR&Bの荒々しい音には、やわな旅人の感傷など吹っとばしてしまう猛烈さがあるにちがいない。

　竜飛の集落を歩いた。太宰治先生ゆかりの宿、とか何とか、そんな風な言葉を連ねた立札をまた見かけた。時には太宰ファンの若い客で満員になり、廊下に寝る客もあるという奥谷旅館のことなのだろう。

　フランスに、〈プルーストを訪ねて〉というバスの団体旅行があるのだそうだ。バスを連ねて、『失われた時を求めて』の作品の中に出てくるここかしこを訪ねて回るパッケージ旅行である。私はふと、そのことを思い出した。

二つの世界が私たちの前にある。日常の世界と虚構＝小説の世界。そのどちらが現実であるかと言えば、両方ともまごうことなき現実であろう。事物とイメージが共に同じ重さで実在する以上、虚構の世界も一つの現実であるのは当然のことだ。観念も、心象（しんしょう）も、人を動かすものとして実在する。とすれば、太宰の描いた津軽の風物は、それはそれで独立した一つの虚構の王国として実在すると考えるべきだろう。それが彼の文学に対する本当の対し方であるに違いない。太宰治の文学にのめりこみ、彼の個性と才能への人間的な共鳴から彼のふるさと津軽に訪れるのも、チボーデのいう〈真の読者〉のよろこばしい権利であるとは私も思う。私たちはこうして内面の旅を外部の旅と重ねあわせることを試みる。太宰の描いた場所に立ち、あたりを眺め回す。そして無意識に作家が創（つく）りだした世界ほど目の前の光景が魅力に富んだものでないことに気づきかけ、あわてて目をつぶる。そして心の中で呪文（じゅもん）のようにあれこれ作中の描写の文章をとなえて、二、三度まばたきをし、今度はいま思い浮べた描写で武装した視線で周囲をおずおずと眺め回すのだ。そのとき辛うじてあたりの世界がわずかに虚構の世界、作品中の描写、と似て見え、私たちはほっと安心する。

私自身、そのような遍歴を長い間くり返してきた。それはそれで、ひとつの楽しみであり、悪くない趣味ではあるに違いない。ある作家の創造の秘密を解（と）き明かす鍵のいくつかは、そのようにして手に入れることができる場合もあるだろう。

だが、そんな旅の中で、私たちがおちいりやすい罠のひとつは、虚構を現実と対しあう等価の世界として確かめることを忘れ、作品を日常的現実の模写、もしくは美化された現実と受取りがちなことではないだろうか。文学を教養として学んだり、神聖化することに熱心な読者ほどその罠におちいりやすい面があるようだ。

だが、しかし——と、私は考える。

文学の世界にタブーはない、というのもまたひとつの真実だ。こうでなければならぬ、こうあるべきだ、という立場は個人の意見としてはあり得ても、文学全体を統制する絶対的な条件としては存在せず、そのためにこそ文学が存在する意味を持つのだろう。絵葉書と同じように小説をいろんな形で楽しむのもまた読者の権利であって、それを否定するところからは、一種の貧血現象がもたらされるだけなのかもしれない。現に私自身こうして太宰のゆかりの地をたどって歩き回っているではないか。

そんなことを考えながら、私は海ぞいの集落の道を歩いて行った。道路端に干してある海草が風に吹かれて、乾いた音を立てた。

4

翌日、車で小泊の港へ行き、午後ふたたび三厩へもどってきた。その日、私は太宰の生家のある金木町を訪ねる予定だった。

車で山を越えて行けば金木町へ出る、と親しくなったタクシーの運転者であるK青年が私に言ったのだ。私は彼のすすめに従って、車で津軽山地を越えることにした。

今別で広い道路からわかれ、鉄道の線路にそって大平に出た。これが大変な悪路だった。何度も天井に頭をぶつけながら人家のない道を走り、天狗山を越えた。大平からいよいよ津軽山地を横断して今泉へ抜けるのだ。地図では精々、五、六百メートルの山地にすぎない。最も高い大倉岳で六百七十七メートル、四ツ滝山で六百七十メートルと地図には記されている。

だが、車で越えた津軽山地は恐るべきものであった。

このへんではカモシカがよく出るのだ、とK君が早口の津軽弁で言った。

人影ひとつない谷間の坂をK君はアクロバット的な運転で突っ走る。あたりはすでに夕闇の気配が漂（ただよ）い、薄いもやがカーブの多い山道を這（は）いはじめた。直線距離にすればどれほどでもない道のりだったろう。だが、ようやく平地へ抜けて、人家の灯（ひ）を見たときには、正直ほっとした。中里の町を抜け、ようやく金木に着いたのは、八時過ぎだった。斜陽館の巨大な煉瓦塀が薄暗い道路ぞいにぬっとそびえていた。私は車を降り、K君と別れて、ひとり夜の町を歩いた。

表通りに銭湯と理髪店の目につく町だった。古い堂々たる構えの商家の建物が、歴史の古い町らしい重みをそえてはいるものの、どこか淋しい町だった。

路地裏を歩き回っていたら、サントリーバー〈斜陽〉という看板の灯が、ぼうっと浮びあがって見えた。私はいつの間にか斜陽館の裏口に回っていたらしい。

私は立ち止って少し考え、それから決心してその酒場のドアを押した。店内は渋谷や五反田あたりにあるバーの造りで、壁際（かべぎわ）のボックス席のほうに地元の青年らしい客が二組ほど日本酒の銚子（ちょうし）を並べて、大声で喋っていた。

カウンターの中に娘さんが二人いた。私はカウンターの端に坐ってウイスキーを飲みながら、なぜさっき自分はこの店に入る時、なんとなくちゅうちょしたのだろうか、と考えた。それはつまり、私がやはり虚構と現実とを重ねあわせて考えているからだ、と思った。〈斜陽〉という言葉のイメージを、レッテル通りにそっとしておきたいという気持ちが、私の足を止めたにちがいない。だが、私はあえてサントリーバー〈斜陽〉のドアを押した。まだ固っていないかさぶたを爪で引きはがすようなある自虐的な快感が、そこにはないでもなかったからである。

カウンターの中の片方の少女は、私が今度の津軽の旅で出会った最も津軽娘らしい顔立ちの娘だった。私がもし二十代の学生で、こういった酒場にも一種の昂揚を感ずる青年だったなら、おそらくウイスキーの酔いの中で一篇の『伊豆の踊子』の夢を思い描いたかもしれない。

森進一らしき艶歌がくり返し流れるバー〈斜陽〉のカウンターで、私はめずらしく深酒をした。いつもの定量の倍もウイスキーを飲んだのだ。だが、なぜか余り酔わなかった。

私はその晩、もし斜陽館に部屋が空(あ)いていれば泊めてもらおうと思っていたのだが、急にその計画をかえ、タクシーを呼んでもらって五所川原(ごしょがわら)へ行ってくれるように頼んだ。

太宰が浅草にたとえた、〈善く言えば、活気のある町であり、悪く言えば、さわがしい町……〉である五所川原に対して、私はなぜか急に奇妙な恋しさをおぼえたからである。

その晩、なぜか私は五所川原を通り抜けて、弘前の町へ出た。なんとなくそんなことになってしまったのだ。そして、そこで出会った生粋(きっすい)の弘前生れだという面長(おもなが)の女のひとから、怖(こわ)い話を聞いた。

深夜、鏡台の前に蝋燭（ろうそく）をともし、剃刀（かみそり）を逆さにくわえて鏡をのぞき込むと、将来自分の男になる相手の顔が見えると言うのである。それを教えられた彼女は、アパートの四畳半の部屋で深夜ためしてみた。すると、鏡の中に実の父親の顔がぼんやり映ったのだそうだ。

そんなことを喋りながら、その女のひとは太くたくましい腕で、干した魚を裂（さ）いて私にすすめるのだった。

津軽の人には、なぜか一般に考えられている東北人らしくないところがある、と私は再び思った。恥ずかしがりやで傷つき易（やす）いくせに、妙に闊達（かったつ）で剛毅（ごうき）なところを持っているのだ。どう見ても経済的に恵まれている土地でもないのに、楽天的で、こだわりがない。

〈秋田ほいど〉、という言葉を知っているか、と、魚を裂きながら、そのひとが言った。知らない、と私は答えた。

「みみっつぃのサ」

と、彼女は言った。それにくらべて、津軽の人間はおおらかなのだ、と彼女は言うのだった。

太宰の文学にも、そんな感じがある、と私は思った。犬は猛獣である、と彼は『畜犬談』の中で書いているが、私は、取るに足らぬものの如く自ら卑下してみせる彼の道化（どうけ）の背後に、馬をも斃（たお）すふてぶてしい自信のようなものを感ぜずにはいられない。彼にそんな地方人の、ちょっといやらしいくらいのしぶとさがあったような気がする。

それから、津軽人の熱狂的な郷土への愛。

私の大学の仲間で、夏休みになるのを待ちかねて飛んで帰るのが津軽の人間だった。私たち九州の人間も、お国自慢はする。だが、郷里と簡単に吹っきれるのも九州人の特性だ。私の知っている津軽の人間で、東京でユニークな仕事をしている人びとは、東京化することでその地位を固めるのではなく、いつも津軽を背おったまま最も困難な形で自分の仕事を続けている。工藤勉や、寺山修司や、長部日出雄らの諸氏も、そうだ。

津軽と心中しようと、反抗しようと、津軽人はすべて、永久に津軽と共に生きて行くのだろう。抱きあおうと、背中を向けあおうと、結局、そこから切り離すことはできない。そんな土地と、そんな人間たちが、ほかに日本列島のどこに存在するだろうか。選ばれてあることの恍惚と不安は、単にヴェルレエヌや太宰だけのものではないのだ。それは、大胆な言い方だが、津軽人すべての意識の底によどむひそやかな呪文なのだと私は思う。

津軽とは縁もゆかりもない私が、なぜ津軽に強く惹かれるかは実はそのためではないか、と、ふと考えた。私は根のない人間である。九州に生れ、朝鮮半島で育ち、東京で生活して今は北陸の地方都市に住んでいる。そして絶えず外国をうろつきながら、しばしばナショナルなものへの埋没を夢み、マスコミで働きながら、その破壊を考え、プロレタリアートとプチブル・インテリゲンチャの中間の意識の中でさまよっている。デラシネである自分を感ずれば感ずるほど、私は根を持つ選ばれた種族と、彼らの根の国に惹かれるものを覚(おぼ)えるのだ。さまよえるオランダ人(フライング・ダッチマン)である私自身に対して、津軽の人は、そしてその郷土は、いわば強い渇仰(かつごう)と嫉妬の対象だったと言っていい。津軽人は、津軽という土地の、永遠の囚人であるか、または永遠の愛人なのである。そしてその二つのもののアンビバレンツの陰翳(いんえい)を鮮かに照らし出した一瞬の光のひとつが、太宰の小説だと私は思う。津軽人の郷土に対する愛憎と、太宰の愛読者の太宰に対する愛憎とは、見事な対位法的コード進行を描いている。数ある近代日本の作家群の中で、太宰が特殊な位置にある、と見えるのは、実はそのためではないだろうか。好むと好まざるとにかかわらず、太宰文学は津軽と津軽人の光と陰の側面であり、その故にこそ、デラシネの時代の渇仰の対象となり、その引き裂かれた心情の深さ激しさによって青年期の読者のものたり得ているのだろう。

　津軽人の郷土に対する激烈な愛は、ほとんど宗教的とも言えるほどに一途(いちず)であり、そのひたむきさによって私たちを打つ。『文学のある風景』の中で、小野氏が紹介している一戸謙三(いちのへけんぞう)の方言詩、「弘前(シロサギ)」の一篇は、その余りの熱狂ぶりが私たちにある滑稽さを感じさせるほどに至純であり、美しく、また異様でさえある。私はこの詩を、友人のイントネーションを真似(まね)た偽(にせ)の津軽弁で朗読しながら、このような作品を自らの体内に持つ津軽に対して一種の嫉妬の感情を抑えることができなかった。

ああ何処サ行ても
おら達ネだけァ
弘前だけァえンたドゴア何処ねも無のセ！

私は酒場のカウンターで、黙々と干魚を裂いている女のひとに、その詩の高潮したリフレインを破廉恥な津軽弁で読んできかせた。そのひとは苦笑しながら、そういうことはよその町を知らないから自分には何とも言えない、という意味のことを醇乎たる津軽弁で喋った。

私はその時、不意に八、九年前にはじめてこの土地を訪れた時の鮮かな感動が、くっきりと身内によみがえってくるのをおぼえた。私はその瞬間を待っていたのだ。津軽へやってきて良かった、と私は思った。酔いが急におしよせてきた。私は皿にうず高くつみあげられた干魚と酒の代金を払い、深夜の町にさまよい出た。弘前の町は暗く、家々は重く扉をおろして道路には誰も歩いていなかった。

〈正岡子規三十六、尾崎紅葉三十七、斎藤緑雨三十八、国木田独歩三十八、長塚節三十七、芥川龍之介三十六、嘉村礒多三十七――〉

太宰治はある日そう呟きながら夜の街を歩いていたという。
〈太宰治三十九――〉
私は暗い眠りに沈んだ町を、あてもなく横切って行きながら、あの人たちは、みんなどうしてあんなに早く死んでいったのだろう、と考えていた。

〈一九六九年九月〉

（初出『現代日本の文学31　太宰治集』学習研究社、一九六九年）

あとがき

作家にとって新しい本を作ることは、歓びでもありますが、同時に仕事でもあります。仕事となれば、苦しいこともあり、思うようにならないこともある。それでもいつか自分の好きなように一冊の本を作りたいという夢は、心のどこかに抱いているものです。

この『作家のおしごと』は、そんな勝手な夢を現実のものとすることができた思いがけない一冊でした。

これまで半世紀以上にわたって、好き勝手な仕事をしてきました。ふり返ってみても実に雑然たる軌跡です。表現という一点においては、広告のチラシの文章も、作品集に収める小説も変りはありません。なんでもやる、どこにでも書く、それがぼくのスタイルです。

そんな乱雑きわまりない仕事のいくつかを集めて一冊の本を作りたい。そのひそかな望みを実現してくれたのが、東京堂出版のみなさんでした。

資料の収集から整理、そしてデザインへの勝手な要求まで、これほど自由に受け入れてもらえたことはありません。再三再四の変更や提案に、いやな顔ひとつせずに対応してくださった編集部の吉田知子さんの無私の情熱で、この本は生まれました。造本から装幀、そして活字のレイアウトまで著者の希望を百パーセント受け入れていただいたことを、深く感謝せずにはいられません。

またはるか昔の対談を収録する提案を快く受け入れてくださった村上春樹さんにも、あらためてお礼を申し上げたいと思います。ユニークな表紙デザインを提供して頂いたブックデザイナーの坂川栄治さん、鳴田小夜子さんにも感謝します。

楽しんで作ったこのわがままな一冊が、手に取った読者のかたがたの束の間の慰めになりますように。

二〇一九年春

五木　寛之

出典一覧

92～120頁「ワンダーランドに光る風」『五木寛之　風の対話集』五木寛之、ブロンズ新社、1986年（初出「言の世界と葉の世界」『小説現代』1983年2月号、講談社）
123～126頁『日刊ゲンダイ』1976年４月１日
126～128頁『日刊ゲンダイ』1976年４月７日
130～132頁『五木寛之ブックマガジン夏号』ＫＫベストセラーズ、2005年（初出『別冊ポエム 五木寛之』すばる書房、1977年）
140頁４行目「北の宿から」阿久悠作詞、小林亜星作曲
162～168頁『歴史の暮方』（林達夫、中公文庫、1976年）解説
169～176頁『ひねくれ一茶』（田辺聖子、講談社文庫、1995年）解説
178～182頁『高橋和巳作品集７　エッセイ集１（思想篇）』（高橋和巳著、河出書房新社、1970年）月報４（第７巻）
183～186頁『ヘンリー・ミラー全集（６）　梯子の下の微笑』（大久保康雄・筒井正明訳、新潮社、1971年）月報（13）
188頁『神聖喜劇　第二部　運命の章』（大西巨人著、カッパ・ノベルス〔光文社〕、1969年）カバー袖の推薦文
189頁『セネカ哲学全集』全６巻（大西英文・兼利琢也編、岩波書店、2005年）広告パンフレットの推薦文
198～201頁「大衆文化　表に引き上げた――笑いにのせて」『朝日新聞』2016年８月17日
212～221頁「僕が出会った二十世紀のレジェンドたち①ミック・ジャガー　一期一会の人びと」『中央公論』2016年11月号、中央公論新社
222～228頁「追悼　1972年、白亜の館の３時間　モハメド・アリの片影」『中央公論』2016年８月号、中央公論新社
234～237頁『さらば　モスクワ愚連隊』五木寛之、講談社、1967年
238～246頁『かもめのジョナサン』リチャード・バック、五木寛之訳、新潮社、1974年
247～249頁『燃える秋』五木寛之、角川書店、1978年
258～264頁「第一楽章」『五木寛之論楽会　歌いながら夜を往け』、五木寛之、小学館、1981年（初出『GORO』小学館、1979年）
265～285頁「ロシア文学の街角」『五木寛之ブックマガジン夏号』ＫＫベストセラーズ、2005年
294～319頁『五木寛之全紀行５　金沢はいまも雪か〔金沢・京都・日本各地編〕』、東京書籍、2002年（初出『現代日本の文学31 太宰治集』学習研究社、1969年）

五木　寛之（いつき・ひろゆき）

1932年福岡県生まれ。生後まもなく朝鮮に渡り、終戦にともない47年にピョンヤンより引き揚げる。52年早稲田大学露文科に入学、57年中退。業界紙記者、ルポライター、作詞家などを経て、66年『さらばモスクワ愚連隊』で小説家デビュー、同作品で小説現代新人賞を受賞。67年『蒼ざめた馬を見よ』で直木賞、76年『青春の門』ほかで吉川英治文学賞を受賞。2002年菊池寛賞を受賞。10年に刊行された『親鸞』で毎日出版文化賞を受賞。その他代表作に『ソフィアの秋』『デラシネの旗』『風の王国』『蓮如』『大河の一滴』など多数。仏教がテーマの著作、時代や社会を映したエッセイ、対談、紀行など幅広いジャンルで精力的な創作活動を続ける。

作家のおしごと

2019年2月10日　初版発行
2019年6月10日　再版発行

著　　者　五木　寛之
発 行 者　金田　功
発 行 所　株式会社 東京堂出版
〒101-0051　東京都千代田区神田神保町1-17
電　話　(03)3233-3741
http://www.tokyodoshuppan.com/

装　　丁　坂川栄治＋鳴田小夜子（坂川事務所）
編集協力　岡野　純子
D T P　株式会社 オノ・エーワン
印刷・製本　中央精版印刷株式会社

ISBN978-4-490-20999-0 C0095
JASRAC 出1814456-902